两钱铜币

〔日〕江户川乱步·著
王志芳·译

中国妇女出版社

图书在版编目（CIP）数据

两钱铜币 /（日）江户川乱步著；王志芳译. -- 北京：中国妇女出版社，2020.1（2024.3重印）
ISBN 978-7-5127-1389-5

Ⅰ.①两… Ⅱ.①江…②王… Ⅲ.①推理小说－小说集－日本－现代 Ⅳ.①I313.45

中国版本图书馆CIP数据核字（2018）第266829号

两钱铜币

作　　者：〔日〕江户川乱步 著　王志芳 译
责任编辑：王海峰
封面设计：尚世视觉
责任印制：李志国
出版发行：中国妇女出版社
地　　址：北京市东城区史家胡同甲24号　　邮政编码：100010
电　　话：（010）65133160（发行部）　　65133161（邮购）
网　　址：www.womenbooks.cn
法律顾问：北京市道可特律师事务所
经　　销：各地新华书店
印　　刷：天津旭丰源印刷有限公司
开　　本：150×215　1/16
印　　张：18.5
字　　数：260千字
版　　次：2020年1月第1版
印　　次：2024年3月第2次
书　　号：ISBN 978-7-5127-1389-5
定　　价：69.80元

编者的话

提到享誉世界的日本推理小说，江户川乱步是一个不得不提的名字。江户川乱步被誉为日本“侦探推理小说之父”，在日本推理小说界的地位至今无人能及。甚至有人说，没有江户川乱步，就没有日本推理文学。以其名字命名的“江户川乱步奖”是日本乃至全世界最有名的推理文学奖项之一。我们耳熟能详的日本知名推理小说家横沟正史、松本清张、岛田庄司以及东野圭吾无不受其影响。

江户川乱步，本名平井太郎，1894年10月21日出生于日本三重县。江户川乱步的父亲平井繁男有良好的教育背景，接受过大学教育，曾在政府部门工作，后来经商，并一手创办了平井商社。因此，江户川乱步童年的生活环境相当优越。美中不足的是，江户川乱步小时候身体不是很好，经常生病，但是他也因此深得父母的疼爱。每当江户川乱步卧病在床的时候，母亲都会耐心地给他讲欧美侦探小说中的故事。也许，江户川乱步对于侦探小说的兴趣就此萌芽。小时候的江户川乱步性格内向，十分安静，但非常喜欢阅读，有时候捧着一本书一读就是一整天。

江户川乱步17岁的时候，其父一手创办的平井商社突然倒闭。一时间，全家人陷入困境，江户川乱步继续求学的梦想就此破灭。其后，在父亲的带领下，江户川乱步前去垦荒，然而由于身体原因，再加上不甘心于此，他还是希望继续学业。几经努力，其父终于答应让他继续求学，最终江户川乱步考入早稻田大学预科班，开始了半工半读的求学生活。课余时间，江户川乱步要么去印刷厂当学徒工，要么给人做英语教师，要么到图书馆当图书管理员。由于兼职太多，疏于学业的江户川乱步毕业时并没有取得学位。但是在此期间，江户川乱步充分接触了社会的方方面面，同时阅读了大量的书籍。江户川乱步曾一度想到美国留学，无奈生活所迫，只得放弃。其实，江户川乱步这时候已经开始了侦探小说的创作。

20岁左右，江户川乱步迎来了自己的初恋，但是无果而终。他的第二个恋爱对象名叫村山隆子。就在他们已经开始谈婚论嫁的时候，江户川乱步突然想结束这段恋情，原因是他觉得自己无法养家糊口，但是村山隆子对江户川乱步一往情深，不想放弃。江户川乱步深受感动，正式向村山隆子求婚。两人的婚后生活十分艰难，据说一度靠卖棉被度日。此间，村山隆子的兄长曾介绍江户川乱步到政府社会局工作，然而江户川乱步干了半年就辞职了。其后，江户川乱步又做过很多工作，但都不长久。最后，生活实在无法维持下去了，无奈之下，江户川乱步只得携妻带儿回乡下老家生活。

尽管生活举步维艰，但是江户川乱步一直以来都没有停止阅读和写作。甚至可以这么说，除了阅读和写作，江户川乱步是一个对任何事情都不感兴趣的人。这期间，江户川乱步曾写过一个小短篇，他本想依此一举成名，结果却让他十分失望，稿件投出去之后，如石沉大海，杳无音信。江户川乱步虽然深受打击，但是并没有因此放弃写作。江户川乱步用的第一个笔名是“江户川蓝峰”。

闲居乡下期间，江户川乱步开始了更加艰辛的创作生活。功夫不负有心人，他终于创作出了《两钱铜币》和《一张收据》两个短篇。这次，他用的笔名是“江户川乱步”。“江户川乱步”的日文读音是“艾特加华伦坡”，是根据美国推理小说鼻祖埃德加·爱伦·坡（Edgar Allan Poe）的谐音取的。可见，对于爱伦·坡，江户川乱步是推崇备至。

江户川乱步将这两个短篇寄给了当时在文坛小有声誉的作

家马场孤蝶。遗憾的是，马场孤蝶完全没有将江户川乱步这个无名小卒放在眼里，自然也不会对他的作品给予什么支持。江户川乱步为此受到了大大的伤害。随后，他又将稿件寄给了当时在日本深受欢迎的杂志《新青年》的主编森下雨森。

当时，《新青年》杂志长期刊登欧美侦探小说，在日本很有影响力，有一大批拥趸却鲜有日本国内作者投稿。森下雨森收到江户川乱步的稿件之后，很是喜欢，甚至被江户川乱步的才华所折服。千里马常有，而伯乐不常有。江户川乱步终于遇到了他的伯乐，森下雨森收到稿件的当晚便去拜访了江户川乱步。很快，《两钱铜币》和《一张收据》相继在《新青年》杂志发表。这两部作品甫一发表，便广受好评。江户川乱步从此便以侦探小说新秀的身份登上日本文坛。这一年是1923年，江户川乱步29岁。

初试牛刀便大有收获。从此以后，江户川乱步的创作热情便一发不可收了。在森下雨森的鼓励下，江户川乱步很快又写出了一系列深受欢迎的作品，如《心理测验》《D坂杀人事件》《人间椅子》《屋顶上的散步者》《恐怖的三角公馆》《蜘蛛人》《地狱的滑稽大师》《赤色部屋》。江户川乱步很快成了小有名气的侦探小说家。

1926年之后，江户川乱步的创作开始从短篇向长篇过渡。

这期间，他创作的《奇幻岛》和《矮人》发表之后，赞誉者有，批评者也不少。这两部作品，充满奇妙的想象与悬念，但是文字确实粗糙不堪，有人因此断言“乱步的侦探小说已经灭亡”。江户川乱步因此深受打击，甚至大病一场。但是等身体好起来之后，他决定从头再来。

才华终究是掩盖不住的。1929年至1931年，江户川乱步先后发表了《阴兽》《带着贴画旅行的人》《妖虫》《黄金面具》《地狱中的魔术师》等震惊文坛的作品。随着这些作品的问世，江户川乱步笔下的“明智小五郎”也成了日本家喻户晓的人物。

对于江户川乱步来讲，与巨大的成功同时到来的还有关于他的从来不曾消失的争论，甚至对他的批评。而江户川乱步又是一个性格极其敏感的人，每每见到报端批评他的文章，他都无比伤心，甚至几度封笔。

1932年，江户川乱步又一次对外宣称从此封笔。与江户川乱步身处同一时代的侦探小说家横沟正史听闻此消息时，正因病住院。卧病在床的横沟正史不忍江户川乱步的才华就此埋没，于是忍着病痛给江户川乱步写了一封公开信。横沟正史在信中语重心长地劝说江户川乱步一定要摆脱性格上的弱点，振作起来。横沟正史的公开信给了江户川乱步极大的鼓励。那以后，江户川乱步又以极大的热情投入到了创作之中，先后写出了《怪人二十面相》《少年侦探团》等影响深远的著作。

第二次世界大战期间，江户川乱步以沉默对抗军国主义，又一次封笔，直到第二次界大战结束，才又活跃于文坛。

在相当长的时间内，江户川乱步除了笔耕不辍，致力于新作品的创作，还花费相当多的精力致力于侦探小说在日本的发展和繁荣。比如，他一手创办了专门刊登侦探小说的文学杂志《宝石》；1947年，他一手促成了侦探作家俱乐部的诞生，并担任第一任会长；1949年，正值美国作家爱伦·坡逝世100周年之际，他出版了《侦探小说四十年》，回顾自己的创作经历，并且客观评述了自己创作的优缺点；1953年，在他的努力下，侦探作家俱乐部改组为社团法人日本推理作家俱乐部，他担任第一届理事长；1954年，在60岁生日之际，他以自己多年积蓄设立江户川乱步奖，以此培养新人作家；他还长期举办侦探作家聚会，发掘、鼓励新人作家积极创作。这些工作无疑对日本推理小说甚至世界推理小说的发展起了巨大的推动作用。

1965年，江户川乱步因脑溢血病逝，享年71岁。

江户川乱步的一生可谓跌宕起伏。他的人生轨迹和侦探推理小说在日本的发展趋势十分相似。童年时期的富足，青年时期的贫困，曲折的求学生涯及举步维艰的生活经历，让他形成了内向的性格和敏感的心理，并在此基础上形成了不稳定的情绪，这既成就了他这个人，也成就了他的作品。随着侦探推理小说在日本受欢迎的程度越来越高，江户川乱步在这个领域所做的贡献也越来越为人所肯定。

最后，说到江户川乱步的创作，他在创作之初便很好地理清了推理小说的本质，他一直认为推理小说是一种严格讲求逻辑的理智文学。正是因为这一点，江户川乱步被认为是“日本推理小说之父”。也正是因为这样的原因，江户川乱步被称为日本推理小说“本格派”的创始人。江户川乱步还提出谋杀是人之兽性的表现，而推理小说的创作初衷便是为了揭露人之兽性的本质。从某种意义上讲，江户川乱步为独具日本特色的日本推理小说的形成奠定了坚实的基础。江户川乱步的作品及其创作理念深深影响了后来很多侦探小说家的创作，如角田喜久雄、甲贺三郎、平林初之辅、滨尾四郎等人。

本套书精选了江户川乱步相当经典的12个作品，其中有设计精巧却寓意深远的《一株毒草》《接吻》《蒙面的舞者》《一张收据》《一寸法师》《阿势出场》；有异想天开的猎奇杰作《人间椅子》；有极具迷幻色彩且令人浮想联翩的《带着贴画旅行的人》；有情节严谨且极具画面感的倒叙推理佳作《月亮与手套》；有构思巧妙、结局出人意料、充满游戏性，同时又是江户川乱步代表作及发轫之作的《两钱铜币》；有情节扑朔迷离、悬念跌宕起伏且推理严谨又极具浪漫气息的《阴兽》；有情节曲折离奇、结局开放、令人回味无穷的长篇《湖畔亭旅馆谜案》，意在全方位呈现江户川乱步的创作视角和创作思路，为大家呈现一个更全面、更立体的江户川乱步。

本书在编辑出版过程中，翻译、编辑、校对人员付出了大量心血。虽经努力，但是限于时间、精力、水平，难免有不足之处，敬请广大读者指正。

目　录
CONTENTS

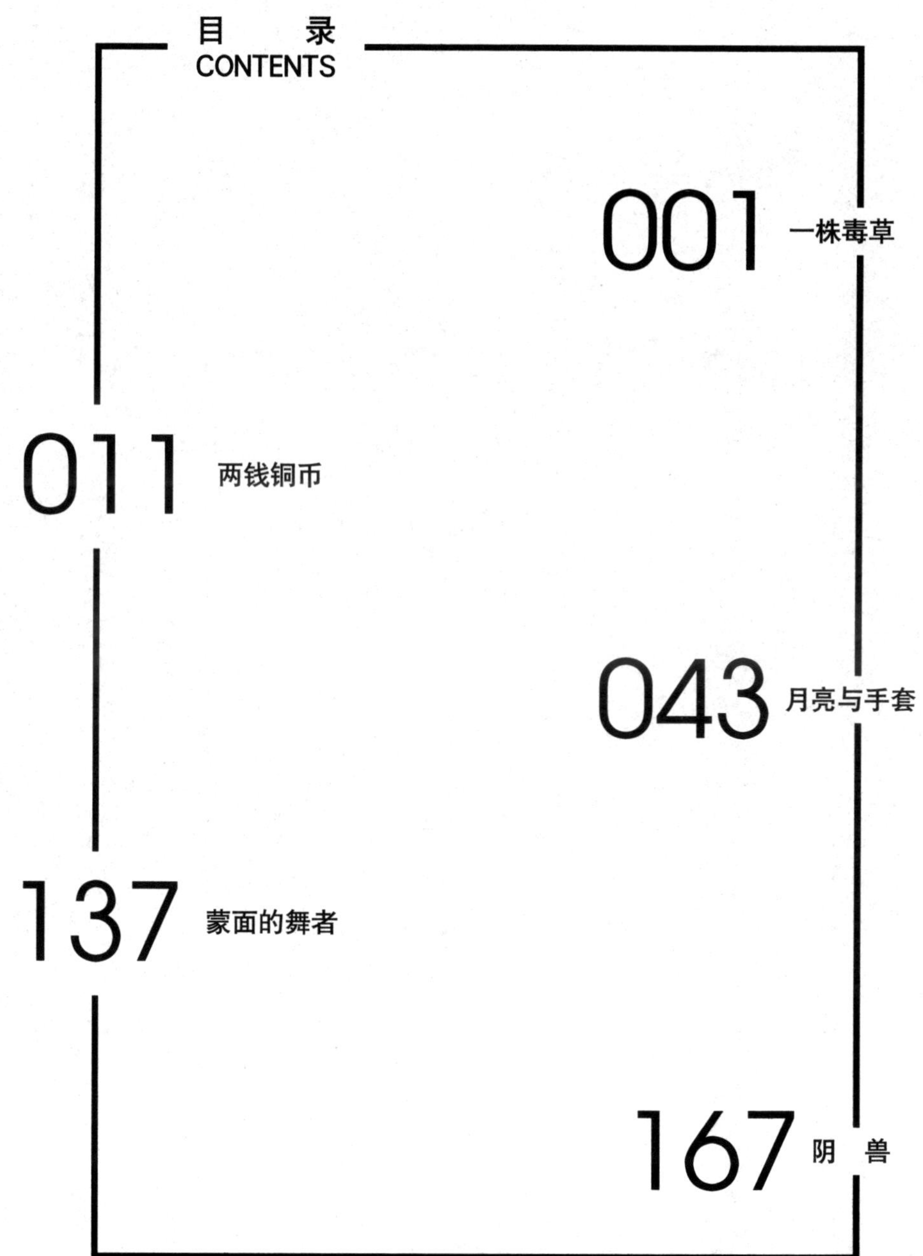

一株毒草

一个晴朗的秋日，一个朋友来拜访我。

在我家交谈了一阵子之后，也不知道是谁先提议："天气这么好，我们为什么不出去走一走呢？"

正好我家就在城郊，于是我就和朋友一起到附近的草原上去散步。

草原上杂草丛生，即使是在白天也能听到各种唧唧唧唧的虫鸣声。草原上有一条一尺宽的小溪，小溪边有许多隆起的小土丘。

我们找了一个小土丘，坐下来，欣赏周围的美景，或是眺望万里无云的晴空，或是俯瞰脚边的小溪流。

小溪的岸边，有很多不知姓名的花花草草，密密麻麻的，非常好看。

秋天到了，多么心旷神怡啊！我们在那里待了好久好久。

忽然，我看到小溪边一个阴暗的角落里，长着一株奇怪的植物。

“喂，你知道那是什么吗？”我问我的朋友。

朋友好像对植物并不感兴趣，只是敷衍地回答说不清楚。但是我知道，不管他多么讨厌花花草草，他一定会对这株植物感兴趣的。这么说吧，越是不了解花花草草的人，越是容易被这株植物吸引。于是，我带着一种卖弄自己知识渊博的洋洋自得的心态，给朋友讲起了这株植物的来龙去脉：

“这是某某某，草原上几乎随处可见，它是有毒的——虽然算不上剧毒。别看它貌不惊人，人们一般也不会关注它，但是它却有一个巨大的用途，那就是堕胎。这么说吧，它实际上就是一种堕胎灵药。在过去缺医少药的年代，提到堕胎药，人们首先就会想起它。在日本，自古以来接生婆所使用的堕胎秘方，其中最主要的药草就是这种草。”

果然如我所料，听我这么一说，朋友一下子对这种毒草产生了极大的好奇。

他非常热心地向我请教，这种毒草应该如何使用才能起到堕胎的作用。

“看你那着急的样子。”我调侃了一句。然后，我详细地把这种药草用于堕胎的方式告诉给了他。

“像我这样摘下一颗手掌大小的果实，剥掉皮，然后……”讲这类带有隐秘色彩的故事，我最擅长了，连讲述的方式也都妙趣横生。我一边讲着，还一边用手比画着。

朋友一边认真地听我讲，一边频频回应我。我越发觉得，应该讲得更加详细一些。

一讲到堕胎，我们的话题自然而然地转到控制生育这个无比现实的问题上来。作为现代青年，我们都是赞成控制生育的。关于这个政策，我们讨论起来很是兴奋，无比热情。我们都认为，生育控制现在正在遭到人们的误解，控制生育的政策在不必要控制生育的有产阶级之间，非常受人推崇，但是在广大的无产阶级之中，很多人却不知道控制生育这样的社会运动。比如说这草原的附近就有很多贫困家庭，每家每户的孩子都多得难以想象。

讲到这里，我和朋友一起热情地谈论起这类事情来。

就在我和朋友谈论得十分高兴的时候，我脑袋里突然间想到了住在这个草原后面的老邮差一家人。这家的男主人在小镇上的二等邮局已经工作了十多年了，月薪只有五十元，中元和年节的津贴加起来还不到二十块钱，可谓收入十分微薄。即使这样，他还是个嗜酒之徒，每天晚上晚饭后都要喝上一杯。当然，不可否认的是，他是一个工作十分认真的人，可谓奉公守法，在长达十多年的工作生涯中，好像没有一天缺勤的。

如今他已经年过五旬，但是他好像结婚很迟，所以家中的六个孩子，最大的孩子也只有十二岁。据我所知，他们家每个月光交房租就得十元钱。生活如此，他们家的生活是怎么维持下去的呢?

每天黄昏的时候，老邮差十二岁的长女都会抱着一个小瓶子去买他的父亲每天晚饭后都要喝的酒。每每这时候，我从二楼看到她的身影时，总感觉十分凄惨。

然后，在接下来的漫漫长夜，老邮差刚刚断奶的三岁儿子，就会病怏怏地哭上一整晚，也许是受周围环境的感染而引发了歇斯底里症的原因吧。他们家那个快满五岁的女孩儿，脑袋和脸上长满了大大的脓包，每到晚上，也许是因为痛痒难忍，所以一整个晚上也都在歇斯底里般哭泣。

老邮差四十多岁的夫人，看到这一幕，内心该有多么的焦虑啊！更可怕的是，她又有了五个月的身孕。

其实，不止老邮差家，他们家隔壁甚至屋后面，同样有着数不清的儿女成群的家庭。在广阔的人世间，还有更多比老邮差家更加不幸的家庭，他们的生活仍然在继续。

我们就这么不着边际地聊着。聊着，聊着，天渐渐黑了，秋天的白天可真短啊！蔚蓝的天空，转眼之间好像就变成了淡淡的墨色。很快，附近的人家，已经亮起了灯，我坐在泥地上，莫名感觉到有一股寒意直袭我的身体。

于是，我们站起来，准备各自回家。

就在这时，我们先前背对着的小土丘，突然间冒出了一种人类特有的气息。我赶紧回头看去，果然，在夜色的衬托下，有一个女人的身影，像一个巨大的剪影，又像一个木雕，威武地矗立在秋日的黄昏里。

那一刻，在那样的环境下，好像这世界就只有她这样一个身影，遗世独立。那身影被夜色放大之后，成了我的全世界。

忽然间，我感觉到一种恐惧的气息朝我袭来。因为，我发现，不远处那个矗立于夜色中的女人，原来正是我刚才所说的老邮差家的女主人。

我一时怔怔地站在原地，仿佛僵住了一样，连打招呼这么简单的事情都忘记了。

我看她眼神虽然空洞，但却非常坚定地从我身边掠过，看向别处。这么说来，我刚才和朋友的谈话，一字不落地都被这个挺着大肚子的四十岁的女人听到了。

尴尬之下，我和朋友赶紧离开了现场。一路上，我们都没有说话。到最后，我们好像连道别都忘记了。

后来，我惊恐地回味道，如果我和朋友说的那一番话，真的被那个挺着大肚子的女人听到了，将会产生一个什么样的后果？我们……当然……尤其是我……真的被吓坏了！

回到家之后，我越想越害怕，老邮差的太太一定听到了我和朋友的谈话。

我清楚地记得，在我和朋友谈话的过程中，也许是出于炫耀，我极其浮夸地夸大了那株毒草的堕胎功效。我甚至说，吃下去后，非常轻松，且毫无痛苦地就能起到堕胎的作用。

如果我这样的话被老邮差的太太听到，会产生什么样的结果？她会做什么？

如果生下那个孩子，本就一贫如洗的家庭将更加雪上加霜，况且已经四十多岁的她，每天还要怀里抱着一个婴儿，背上背着一个孩子，洗衣做饭……她一定会想到这些。此外，几乎每天晚上她的老公都会对她横加指责。五岁的女儿还会因为脸上和头上的脓包歇斯底里般地哭泣。这样的生活，通过那么一株不知名的植物，就能轻松地得到缓解，难道她会放过这个机会吗？

其实，有什么可怕的呢？我不就是一个控制生育的推崇者吗？即使老邮差的夫人如我所说，偷偷服下那毒药，送走了自己肚子里的那一条生命，这又是什么罪恶呢？我只能这样安慰自己。

虽然我心里这么想着，但我的身体却还是在不由自主地颤抖，就好像我犯下了杀人罪。我心里十分不舒服。

完全无法静下心来待着，我只能在家里来回踱步，缓解自己的焦虑。我甚至爬上二楼，通过窗户，眺望那片草原。但是我什么都没有看到，老邮差的太太早已经不在那里了！看来我真的是想多了！

于是，我赶紧冲下楼梯，其间我的脚甚至踩空了两三阶楼梯，发出了巨大的声响。我匆匆忙忙套上木屐，打开门口的格子门，然后又犹豫地关上……如此反复几次之后，我终于奔向我下午曾经去过的那个小土丘。

夜色已经很深了，我心中满是恐惧。我不断回头，以确定没有人跟踪我。最后，我终于抵达了那座小土丘。

在灰蒙蒙的夜色里，一尺宽的黑色溪水仍在潺潺流淌。在不远处的草丛中，不知道是什么虫子，在欢快地鸣叫。我绷紧神经寻找下午我看到的那株毒草。

终于，在一丛杂草丛中，我发现了那株毒草，它伸展着粗粗的茎和圆圆的叶子，仿佛杂草丛中的一枝独秀。我凑过去，仔细一看，却遗憾地发现其中一根茎已经被折断了，那只剩下一半的茎就像一只受了伤的手臂，看上去十分悲伤。

那样的夜色之中，我满心恐惧，站在原地。恍惚之中，我仿佛看到了这样一幅情景，面容憔悴的老邮差的夫人，在我和朋友离开之后，她犹豫着，踌躇着，终于下定决心，摘下了一根毒草。现在想起来，那场面是多么滑稽，但又是多么严肃！我十分恐惧！

我吓得大叫一声，拔腿就往回跑。

那以后的好几天，我尽力让自己忘掉这回事，但是我内心深处，仍然特别在意那位可怜的邮差夫人的近况。

因为恐惧，我实在不敢待在家里。我每天一大早就出门，整天在各个朋友家流窜，或者是和他们去看戏，或者是和他们去吃饭，每天都是流浪到晚上才回家。

有一天，我在自家旁边的小巷子里，偶然碰到了老邮差的夫人。

老邮差的夫人看到我之后，非常高兴地和我打了一个招呼，之后害羞地笑了笑。但是对于我来讲，她的笑容是那么惊悚。

我从她披散的头发中，很自然地发现了她大病初愈似的苍白的脸孔。我真的不想再看下去，但是我的视线却不由自主地看了一眼她的腹部。

虽然是意料之中的事情，但是我仍然非常吃惊，她的小腹非常平坦，仿佛饥饿的瘦狗的小腹，又仿佛随时能截成两段的小腹。

这个故事并没有结束。

一个月以后的一天，我偶尔听见祖母和我家里的女佣在房间里小声谈论着一个奇怪的话题。

“肯定是流月吧。”我的祖母说道。

“哎哟喂，您哪是隐居的老奶奶啊！虽然在家里，但是您好像什么都知道啊！”女佣应声回答，当然她的声音非常低。

“这不是你跟我说的吗？先是邮差的老婆……”祖母开始掰着指头数起来，“然后是北村家的阿金，还有……你说……对……光这一町就三个人了，所以这个月肯定是流月吧。”

听了祖母的话，我松了一口气，我眼前的世界仿佛发生了巨大的变化。

难道这就是人生吗？我的脑海里忽然浮现出这么一句话来。

我走出门去，不由自主地居然走向了那天我曾经逗留过的那个小土丘。

这一天，天气十分晴朗，天空没有一丝云彩，在无垠的蓝色的天空下，很多不知名的小鸟正在绕着圈欢快地飞翔，我一下子就找到了那株毒草所在的位置。

但是，眼前的惨状让我不敢相信自己的眼睛，那株毒草的每一根曾经茁壮的茎都被折断了，只剩下一小簇光秃秃的残骸。

看上去很像是附近的熊孩子搞的鬼！但是或许并非如此，究竟真相如何，我好像也不清楚。

两钱铜币

上

“真是羡慕那个窃贼啊！”我和松村武两个穷困潦倒的人在那起轰动一时的盗窃案发生之后说出了这样的话。当时，我们租住在一个偏僻的穷酸的木屐店的二楼。我们的房间只有六张榻榻米大小。房间里摆了两张破旧的漆面桌子。我和松村武两个人整天无所事事，只能想入非非。

实际上，我们当时已经到了山穷水尽的地步，生活难以为继，几近走投无路。因而，当那起盗窃案发生时，我们竟羡慕起那技艺高超的大盗贼来。

因为那起盗窃案与我即将要讲的故事有莫大的关系，因此我认为有必要先大概介绍一下那起盗窃案的基本情况。

案发地是芝区某大型电器工厂。那天，正值工厂发薪水的日子。在一个房间里，十几名会计正在根据近五千人的工作计时卡，核算他们当月的薪水。满满的一大皮箱钱刚刚从银行取回来。五元、十元、二十元面值的纸币被组合成不同的数目，装进堆积如山的薪水袋里。就在会计们为此挥汗如雨时，一个相当绅士的男子出现在传达室。

女接待员询问男子所为何来。男子自我介绍说自己是朝日新闻社的记者，想要当面采访经理。接待员随即拿着男子印有“朝日新闻社社会部记者”头衔的名片找到了经理。

一听有记者来访，经理来了兴致。对于媒体宣传，经理可谓深谙此道。经理虽然觉得面对新闻媒体夸夸其谈，并将自己的话以“某某某谈话”为标题刊登在报纸上并不是什么大丈夫所为，但是有多少人会拒绝这样做呢?

可想而知，“记者”很自然地被经理请到了自己的办公室。

只见这记者先生戴了一副玳瑁框眼镜，下巴上留了一撮相当利落的小胡子，身着一身时髦的黑色礼服，手里提着一个时下最流行的折叠款公文包。一进到经理办公室，记者先生就大大方方地坐在了经理对面的椅子里，毫不客气。不仅如此，记者先生刚一坐下就从随身携带的烟盒里取出一根昂贵的埃及卷烟，并拿起经理桌子上的烟灰缸上的火柴，抽出一根，潇洒地随手一划……瞬间，一股青烟就飘到了经理鼻子下面。

“请教一下经理先生，关于当下的员工待遇方面的问题，您有什么看法呢？”果然是大报社的记者，傲慢的架子有，开场来得也直接。

接下来，经理接过话题，滔滔不绝，大谈特谈，什么温情主义，什么劳资协调，头头是道，应有尽有。这些内容，与我要讲的故事没有太大的关系，我就不细说了。

单说这位记者先生，默默地做了将近三十分钟的倾听者，在经理的高谈阔论刚刚告一段落时，说了声“抱歉”，说要去洗手间，而后，就此消失，再也没有回来。

这家伙真的是太没有礼貌了！经理等了好久没有等到记者，心里不免有点儿不爽，不过也没有别特介意。正好到了午餐时间，经理就到餐厅吃饭去了。然而，让经理没有想到的是，正当他大口大口咀嚼着从附近的西餐厅打包来的牛排的时候，一脸煞白的财务部主任跑进餐厅径直朝他跑来：“经理，不好了，咱们今天要发工资的钱，被人偷走了！”

经理大吃一惊，急忙赶到丢钱的现场察看情况。

这一起突如其来的盗窃事件，大致情况是这样的：

当时，工厂正在扩建，并没有真正的财务室。财务工作一般是在能够锁住的房间里进行的。这天，所有的财务工作都是在经理室隔壁的一个接待室进行的。然而，不可思议的是，午餐时间，不知怎么的所有人都离开了。也许是会计们都以为肯定有人会留下来的，结果没有一个人留下来，全都去餐厅吃饭了。也就是说，在将近半个小时的时间里，那塞满成捆的钞票的皮箱并没有人看管，孤零零地被遗忘在了没有上锁的房间里。可想而知，肯定是有人趁机溜进房间，偷走了那些钱。除了已经被装进薪水袋的纸币和一些散落在桌子上的零散的纸币安然无恙，皮箱里的纸币——将近五万元整，都被盗贼偷走了。

经过一番简单的调查，大家一致觉得那位记者先生最为可疑。经理立马让人打电话给朝日新闻报社核实记者的身份。果不其然，报社说没有这个人。接下来，只能赶紧报警。另外，工人的工资肯定还是要按时发放的，经理赶紧通知银行准备相应数量的纸币，以便随时去取。

事已至此，大家才知道，那个假冒新闻记者的人，那个让经理浪费了半天口舌大讲特讲劳工待遇问题的绅士，正是当时被各大报纸称为“绅士盗贼”的江洋大盗。

分管该地区的司法主任一行人来到现场，前前后后调查了好久，然而并没有得到任何有价值的线索。毫无疑问，绅士大盗是有备而来的，事先肯定已经谋划好了一切，比如事先准备好了假名片，可见不是个容易对付的家伙，哪会轻易留下任何证据。如果说他留下了什么，那也只有他那一身不俗的打扮，经理对此印象深刻！但是很明显，这并不是什么有价值的线索！因为衣服是可以随时更换的，至于玳瑁框眼镜和胡须，更是最常见的伪装手段。

即使这样，调查还是得继续。对附近的车夫，香烟店的老板娘以及各种小摊贩，警方都进行了详细的询问，所询问的问题无非是——有没有看到如此这般打扮的男子路过此地？如果看到了，他是朝哪边走了？另外，市内各派出所都收到了嫌犯的大致画像，各县市的警局也收到了相关的协查电报，各大车站也有人员进行详细的排查……可以说，各种调查手段都用尽了，但是一天、两天、三天……没有任何收获。

一周之后，警方仍然一无所获。警方都已经绝望了，好像只能寄希望于嫌犯再犯别的什么罪继而被捕了。受害方——工厂更是无比着急，几乎每天都会打电话到警察局询问案件的进展情况，每每无果，已经开始埋怨警方办案不力了。警察署的署长就像自己犯了罪似的，每一天都为此焦虑不已。

在所有人都对该案不抱任何希望的情况下，一名刑警却每天都奋斗在办案的第一线。他的目标是市内的香烟店。

怎么说呢？在全市各区内销售进口烟的香烟店，多的区有几十家，少的区也有十几家。这名刑警一个区一个区一个店一个店地排查，所到之处，绝不遗漏，到最后只有山手的牛込和四谷两个地区没有排查了。

这一天，这名刑警又上路了。他想，如果今天排查完这两个地区，还是没有任何发现，他的排查将以失败告终。就像是买了彩票等着中奖一样，他既紧张又兴奋。他时而停在各地的警察署旁打听烟店的位置，时而充满期待地朝目标烟店进发。他满脑子都是“Figaro……Figaro……Figaro……”这个昂贵的埃及香烟牌子。他的下一个目标是牛込神乐坂的一家烟店。

从饭田桥的电车站前往神乐坂，没有步行多久，他停在了一家旅馆前面，因为他在旅馆前面的一块兼作下水道盖子的花岗岩石板上发现了一个烟蒂。这一发现让他惊喜万分！如果不是特别细心的人，是不会发现那里躺着一个烟蒂的。更重要的是，这个烟蒂与他苦苦寻找的埃及烟是一个牌子。

就是因为这个烟蒂，那个令人头痛的绅士大盗最终被警方抓住，很快便锒铛入狱了。从发现这个烟蒂到罪犯落入法网的过程，曲折离奇，颇有几分推理小说的味道。当时好多媒体甚至以连载的方式来报道这个案件的侦破过程，对发现这个烟蒂的刑警更是不吝赞美。

为了尽快回到本文的正题，在这里我只能这么草率地交代案件的经过，真是遗憾。

是的，正如我们想象的那样，这名刑警正是从嫌犯遗留在案发现场的那个烟蒂入手展开对此案的侦破工作的。他几乎排查了全市各区所有的烟店，只为了解即使在埃及烟中也属于不太好卖的香烟品牌Figaro的销售情况。一路排查下来，也只有几家烟店卖出过这种香烟，并且买走这种香烟的人也都是有据可查，都不具有作案嫌疑。可是就在他继续排查的路上，他发现了那个烟蒂，他也不过是带着碰碰运气的成分向这家旅馆打听了一下情况，结果没有想到就此抓住了真正的罪犯。

根据工厂经理的描述，那个烟蒂的主人和那个所谓的记者先生——即嫌犯——外表上看出入还是比较大的，但是随着警方在烟蒂主人的房间的火盆下面发现了他伪装用的黑色礼服、玳瑁框眼镜以及假胡须，一切随之真相大白！证据确凿，真正的罪犯只能束手就擒。

根据盗贼的供述，他的盗窃计划早就谋划好了。案发当天，他知道是工厂发放薪水的日子，所以才特地登门造访。趁核算工资的临时办公室无人之际，他溜进去偷走了那些钱。拿到钱之后，他打开自己随身携带的折叠式公文皮包，将早已准备好的雨衣和鸭舌帽拿了出来，然后将部分纸币装了进去。接下来，他摘下眼镜，取下假胡须，套上雨衣，取下原来的礼帽，换上鸭舌帽，大摇大摆地从工厂的另一个出口逃走了。

警方问盗贼是如何将那五万元纸币拿走的——毕竟是五万

元纸币，盗贼居然得意扬扬地卖起了关子。

“小菜一碟！中国的魔术师连装满水的碗都能藏进衣服里，何况是五万元纸币！”盗贼笑嘻嘻地说，“干我们这行的，没有这么一点伎俩怎么行。你别小看我那天穿的那件礼服，表面上看是一件普通的礼服，实际上里面上上下下布满了口袋，装五万元纸币轻轻松松。”

这起盗窃案如果就这样结案了，那我也就没有必要在这里啰唆这么多了。与普通盗窃案相比，此盗窃案有趣的地方在于抓住窃贼以后，却没有找到赃物。这一点与我下面即将要讲的故事有很大的关系，所以我才絮絮叨叨地将盗窃案的始末介绍了一遍。

窃贼到案以后，对偷走的五万元纸币的下落只字不提。警察署、监察厅、共审法庭三方，用尽各种手段，也没有问出个所以然来。窃贼始终没交代将那五万元纸币藏在了哪里。到最后，窃贼不耐烦了，居然说所有的钱都花光了，这显然是不现实的。警方甚至启用了私家侦探来寻找那五万元纸币的下落，但是一无所获。最后，窃贼因为盗窃和藏匿五万元纸币被判了相对于普通盗窃犯来讲较重的刑罚。

相对来讲，最为恼火的就是工厂了。抓到了窃贼，却没有追回被盗走的五万元纸币，工厂一方实在有点儿苦恼。尽管警方一直在强调，从没有放弃对这笔赃款的寻找，但是工厂还是希望尽快有个结果。工厂的经理整日里为此事焦头烂额，为了尽快找回所丢失的五万元纸币，他无奈之下发了一个悬赏通告：谁能找回那五万元纸币，将得到五千元的奖赏。

中

下面要讲的是我和松村的故事，实际上也是这个案件的后续。

正如本文开头所讲的那样，我和松村当时正租住在偏远的穷酸的木屐店二楼一个狭小的房间里，生活难以为继，甚至已经到了走投无路的地步。

当时，唯一值得庆幸的是，春天马上就来了。穷苦人的春天马上就要来了！为什么这么说呢？这在当时是只有穷苦人才能真正理解的。穷苦人有自己的谋生方式。春夏之交，是可以大赚一笔的时候。不！应该是感觉上能大赚一笔。唯有冬天才用得到的外套和秋衣秋裤，以及寝具、火盆之类的物件儿，在这个时候都可以拿到当铺换取一些钱财。所以拜老天所赐，往日拮据的生活终于可以得到短暂的缓解，暂时可以不去考虑明天的生活怎么办、下月的房租怎么交等生存问题。生活上也可以改善改善了，好久不曾光顾的澡堂，可以大摇大摆地进出了；还可以去理发馆好好打理一下自己；就连下馆子，也终于可以换掉穷酸的味噌汤和泡菜饭了，点一份生鱼片解解馋那是必需的了。

这一天，我刚从澡堂里出来，全身温热无力，一回到房间就一屁股瘫坐在快要散架的小桌前。一见我回来，松村君一脸亢奋地问我："我桌子上的这两钱铜币，是你的吧？你从哪里弄来的？"

"是的，我放在那里的。我买烟的时候找回来的零钱。"

"买烟？哪家店铺？"

"就是饭馆隔壁的那家啊。一个老太太经营的。生意很差的。"

"噢噢，这样啊。"

然后松村君一脸莫名其妙的表情，好像在思考什么。很快，他又继续追问起那两钱铜币的事情来。

"对了，你买烟的时候，现场有其他的客人吗？"

"应该没有。对的，没有。老太太当时正在瞌睡。"

听了我的回答，松村好像松了一口气的样子。

“那个烟店，除了那个老太太，还有别的人吗？这个你清楚嘛？”

“老太太性情有点儿古怪，整日里黑着一张脸，几乎不跟人闲聊。不过她和我倒是挺合得来的。我们交情还不错。烟店里还有一个性情比老太太还古怪的老头子。此外别无他人。不过我想问的是，你问这个干什么？有什么问题吗？”

“没有，只是单纯的好奇。你既然这么了解那家烟店，不妨多跟我聊聊那家烟店的事情，咋样？”

“老太太有一个女儿，我见过一两次的，是有些姿色的，听说是嫁给了一个给监狱送货的男人。给监狱送货，收入是相当不错的。因此，老太太时常能从女儿那里得到一些贴补。正因如此，那家烟店才能维持到现在。是的，老太太就是这么跟我说的。”

我饶有兴致地讲着香烟店的情况，但是渐渐地我发现松村的兴趣点好像已经不在这里了。只见他来回地在房间里走来走去，就像动物园里的黑熊一样。

对于松村的这种表现，我本来没觉得奇怪。我们都是比较随性的人，类似的情况稀松平常。但是松村就那样在房间里来来回回地走了将近半个小时，这我就有点儿不太理解了。但我能怎么办呢？只能冷眼旁观。如果有第三人看到这样的场景，肯定会以为这是两个疯子。

眼看晚餐时间就到了，我又刚洗过澡，早就饥饿难耐。我问松村要不要一起去吃晚饭。松村果断回复道："抱歉，你自己先去吧。"于是，我只好自己去了。

等我用过晚饭回到房间，我惊讶地发现松村叫了一个按摩师——一个我俩之前就认识的盲哑学校的年轻学徒。我进门后，看到年轻按摩师一边抓着松村的肩膀按来按去，一边和松村打得火热。

"你别以为我太奢侈了。我这么做是有我的道理的。你先别管，之后你会明白的。"

松村居然先发制人，就好像我要指责他似的。就在昨天，我们费尽九牛二虎之力才说服当铺的老板拿到了二十元钱。他倒好，一下子花出去六十钱。我们的共有财产一下子大打折扣。在当时那种情况下，他的行为的确是够奢靡的。

我对松村的反常表现非常不解，因而产生了极大的好奇。可我当时又能怎么样呢？无奈之下，我只好坐在桌子旁看起了从旧书店买回来的书。表面上，我在专心致志地看书，实际上松村的一举一动，丝毫没有脱离我的视野。

按摩师走后，松村坐在桌子旁边专心致志地研究一张类似纸片的东西。后来，我看见他又从怀里掏出来一张纸片——那是一张两寸见方的纸片，我模模糊糊看见上面写满了小字。松村把两张纸片放在一起，好像在研究两张纸片的差异之处。我还看见他好像在报纸的空白处记录着什么，不停地擦擦写写，或是写了又擦，或是擦了又写。

天慢慢地在变黑，窗户外面，卖豆腐的吹着喇叭渐行渐远，行人来来往往，好像在赶庙会一样。再然后，天越来越黑，拉面馆那凄凉的唢呐声响起来了，行人越来越少，夜已深了。然而，松村仍然在废寝忘食地继续自己的“工作”。我也不好打扰，只得默不作声地铺好自己的床，然后躺在床上翻看已经读过一遍的旧书打发时光。

“你有东京地图吗？”松村突然来了这么一句。

“我怎么可能有那玩意儿？你去问问楼下的老板娘吧！”

“你说得对！”

听我这么一说，他立即站起身来，踩着“嘎吱……嘎吱……”作响的楼梯下楼去了。他很快就回来了，带着一张折痕处已经快要断掉的旧的东京地图。他几乎忽视我的存在，一屁股坐在桌子前又开始埋头苦干起来！我的好奇心越来越强烈，他到底在干什么？我有点儿丈二和尚摸不着头脑。

楼下的钟声响了九声，已经九点了，我看到松村终于站起来了，看来他的研究要结束了。只见他站起来后，坐到我的床边，好像有点难为情地祈求道：“喂，能不能拿出十元钱来，我用一下。”

对于松村的怪异举动，我本就十分好奇，我想看看他究竟要干什么，因此这次我毫不犹豫地就拿出十元钱给了他。十元钱，几乎是我们所有共同财产的一半！

接过我手里的十元钱后，松村套了一件旧外套，戴了一顶鸭舌帽，立刻出门去了。他慌里慌张的，走之前，连一句话也没有留。

我一个人孤单地待在房间里，胡思乱想——松村究竟在搞什么鬼名堂？胡乱猜想之中，我也不知道自己什么时候迷迷糊糊地进入了梦乡。再后来，我半梦半醒之中好像感觉到松村回来了，但是我并没有彻底醒来，一直睡到了第二天早晨。

差不多十点多吧，我才真正醒来。一睁眼，我就被站在我床边的一个穿着奇怪的人吓了一跳。那人商人模样，身着一件条纹和服，束着带子，系着一条藏青色的围裙，还背着一个小包袱。

“怎么回事，认不出我来了？”

我开始真的没认出来那人是谁，一听声音，才知道是松村。即使这样，我还是好久没缓过神儿来。

“你怎么回事？怎么这身打扮？不知道的还以为你是哪家

店铺的掌柜呢？”

“小声点儿，别这么大声嚷嚷，”松村伸出一根手指放在嘴边，小声说道，“你看我带回来了什么。”

“你干什么去了？带回什么来了？”我完全被松村搞糊涂了，禁不住悄声问道。

松村抑制不住满脸的兴奋，神秘地把嘴巴凑到我耳朵边，用更低的声音说道：“我告诉你，这个包袱里装的可不是一般的东西，五万元钞票呢……”

下

想必，大家已经猜到了，松村包袱里的五万元钞票就是我前面提到的那个绅士大盗从工厂盗走的那五万元钞票。那要是把它送回工厂，可是能得到五千元报酬呢。可是松村说他不打算这么干。

松村说："把这笔钱送回工厂不仅仅是愚蠢的表现，更可能给我带来巨大的威胁，非常危险。警方找了一个多月时间，都没有找到这笔钱，可见这笔钱很难被找到。我现在拿走了它，神不知鬼不觉。五万元难道不比五千元更划算吗？这还是次要的，最让我担心的是来自盗贼的报复行为。为了藏匿这笔钱，盗贼为此被延长刑期，这是多大的代价啊！如果盗贼得知这笔钱被我拿走了，他刑满释放后会放过我吗？更可怕的是，那盗贼是一个做坏事滴水不漏的人。如果现在把这笔钱送回去领取赏金的话，松村的名字肯定会被媒体争相报道，那不就等于告诉盗贼是一个叫松村的人拿走了他藏匿的钱吗？

“我战胜了那个盗贼，战胜了那个天才盗贼！至少目前如此！这比得到这五万元钱还让我兴奋。或者说，我至少比你聪明，你承认这一点吗？你知道我是如何找到这五万元钱的吗？说起来还要感谢你呢，我就是从你放在我桌子上的那枚两钱铜币上面找到线索的。那枚两钱铜币非比寻常，其特别之处你根本没注意吧？我注意到了。从两钱铜币到五万元钞票，这是多少倍的回报啊！这可是我的功劳啊！我是不是比你要聪明一些？”

两个年轻人，尤其是两个有点知识的年轻人长期租住在一起，谁比谁更聪明好像是一个永远不会过时的话题。我和松村经常为此争得面红耳赤。即使如此，每次也分不出个胜负来，有时甚至会争论一晚上。这一次，松村终于底气十足地想以此证明——他更聪明。

“好吧，这个话题就此打住，你先给我讲讲你是怎么把这笔钱弄到手的吧。”

“别着急啊，相对来讲，我更关心接下来怎么花这笔钱。当然，为了满足你的好奇心，我还是先给你讲讲我是怎么找到这笔钱的吧。”

接下来，松村得意扬扬地给我讲起他所谓的煞费苦心的推理过程。我感觉他这么做并不是为了单纯地满足我的好奇心，而是为了炫耀自己是多么聪明。我躺在被窝里一动不动，只是呆呆地望着松村的嘴巴上下移动，认真地听他讲述。

“昨天你去洗澡后，我闲着没事就坐在桌子边把玩那枚两钱铜币。忽然，我发现那枚铜币有点问题，它的边缘很明显地有一条裂缝。我觉得好奇怪，便仔细查看，发现果然不同寻常。再后来，那枚铜币居然沿着边缘的缝隙裂成了两半。你看就是这样。”

松村一边说着，一边把那枚两钱铜币拿了出来。我见他就像是要打开一个容器的盖子一样，两手分别放在铜币的两侧，稍微旋转了一下，然后，那枚铜币就分成了两半。

“你看见了吧？就这样！这枚铜币实际上就是一个小容器。但是从外面看，看它多精致啊！和普通铜币并没有什么区别。当时，我突然想到以前不知从哪里听说的犯人越狱时会用到的那种锯子。那是一种特别小的锯子，是将怀表的发条做成锯齿状，当锯子用。这种锯子很像小人国的软锯。怎么藏匿这种锯子呢？就是分别将两枚铜币磨得薄薄的，然后合在一起做成容器，以用来藏匿这种小锯子。别看这种锯子特别小，一旦被带进监牢，任它铜墙铁壁，也不在话下。据说这种小锯子是从国外传来的。我想这枚铜币估计也是从监牢里流通出来的。奇怪的地方不止如此。关键是这枚铜币中间还夹着一张小纸条。你看，就是这个。”

我一看，这不正是松村昨晚一直在研究的那张小纸片吗？只见那张两寸见方的纸片上密密麻麻地写着下面这些奇怪的内容：

陀、无弥佛、南无弥佛、阿陀佛、弥、无阿弥陀、无陀、弥、无弥陀佛、无陀、陀、南无陀佛、南无佛、陀、无阿弥陀、无陀、南佛、南陀、无弥、无阿弥陀佛、弥、南阿陀、无阿弥、南陀佛、南阿弥陀、阿陀、南弥、南无弥佛、无阿弥陀、南无弥陀、南弥、南无弥佛、无阿弥陀、南无陀、南无阿、阿陀佛、无阿弥、南阿、南阿佛、陀、南阿陀、南无、无弥佛、南弥佛、阿弥、弥、无弥陀佛、无陀、南无阿弥陀、阿陀佛。

“像不像寺庙里和尚念的经文？你知道这是怎么回事吗？起初，我以为这些是有人胡乱写的；也说不定是监牢里的罪犯悔过自新，为了消弭自己的罪孽而写的。然而奇怪的是，虽然写了这么多字——尽管这些字都在‘南无阿弥陀佛’这六个字的范围之内——但是并没有一句完整的‘南无阿弥陀佛’，是不是很奇怪？因此我认定这些字并不是有人胡乱写的。我正在琢磨这事的时候，我听到了你上楼的脚步声，于是我赶紧将铜币和纸片收了起来。至于我为什么这么做，我也不知道，是为了独自享有这个秘密？也许是想等一切真相大白之后再告诉你吧。那样的话，我就可以在你面前好好炫耀一番了。然而就在那一刻，我突然想到，这和那五万元失窃款会不会有关系呢？

“你说那个盗贼会把那五万元钞票藏在哪里呢？在刑满释放之前，他会让那五万元钞票待在某个地方撒手不管吗？肯定不会，肯定有人替那家伙保管那些钱。但是，如果那家伙在被抓获的时候还没来得及将藏钞票的地方通知他的同伙，那他该怎么办呢？只能在坐牢期间想方设法将藏钞票的地方告知他的同伙。如果是这样的话，他将采取何种手段传递信息？将消息夹在钱币中，然后想方设法将钱币送出去，或许不失为一个好的方法。那么，假如我手里的这张纸条就是他带给同伙的消息的话……当然这只是我的一厢情愿，只是我的一种设想，但不失为一个很美好的设想！不是吗？于是，我就问你铜币是哪里来的。没想到你说是从烟店找回来的零钱，并且烟店老板娘的女婿是给监狱送货的人。那个盗贼在监牢服刑期间，如果有消息要送出去，通过给监狱送货的人向外传送消息绝对是最好的选择。也许是机缘巧合，也许是他犯了一个美丽的错误，这枚铜币最终没有到达目标人手里，却留在了送货人这里。继而，通过送货人的妻子，这枚铜币最后流落到了烟店老板娘手里。

这完全有可能。这虽然是我的设想，但我一直在琢磨这件事。

“再说这张纸条，如果说这张纸条上的字真的是传递信息的暗号的话，那么怎么破解它呢？我思来想去毫无结果。这真的是一项艰巨的任务。我将这张纸条翻来覆去地看，上面无非是‘南无阿弥陀佛’这六个字和一个标点符号，那么这七个符号是如何传递信息的呢？

“对于暗号的记法，我是有过研究的。我虽然不是福尔摩斯，却也知道一百六十多种暗号的记法呢。我在脑袋里将我知道的暗号的记法一一过了一遍，并努力寻找与这种暗号相类似的暗号，着实费了我一番工夫。我记得那会儿你还叫我去吃晚饭呢，我哪顾得上吃晚饭啊！结果，我发现了两种与这种暗号相似的暗号。一种是哲学家培根发明的two letter暗号，这种方法是用a和b两个字母，拼成各种字母组合，来传递特定的信息。比如想要表达fly这个词，就会拼成aabab，aabba，ababa。

“另一种是以一组数字代替字母。这种暗号在查尔斯一世时期广为使用，尤其是在政治上的秘密文件中。”

说到这，松村拿起桌子上的一张纸，写下了下面几行字：

a	b	c	d
1111	1112	1121	1211

“看明白了吗？就是用1111代替a，用1112代替b。我感觉这个纸条上的暗号的逻辑和这两种暗号有些类似，是把“南无阿弥陀佛”这六个字进行各种组合，来代表五十音。若是英语或者法语，要想解开此密码并不难，只要像爱伦·坡在《金甲虫》里所写的那样，找出‘e’就可以了。但很显然，这是日语，麻烦在这里。我还是尝试了一下爱伦·坡的方法，但是没有收获。六个字的组合，我用尽心思琢磨这个事情，六个字，六个字……或许带有某种暗示，那会儿我在屋子里走来走去，就是在思考这个。我一直在脑海里搜索由‘六’这个数字组成的词语都有哪些。

“突然，我想到了一本书中提到的真田幸村的旗印六连钱。按理说，这条线索本身和我要破解的暗号看上去并无关系，但是我脑海里一直在想这个，嘴里也一直在嘟囔‘六连钱……六连钱……’

“某一个时刻，我好像突然来了灵感。就在我一直嘟囔着‘六连钱’的时候，我突然想到盲人使用的点字——不正是六连钱原样缩小以后的样子吗？我甚至情不自禁地喊出了声音——妙哉！这可直接关系着我能否找到那五万元钞票，我激动坏了。盲人使用的点字，我不甚了解，但我知道它是六个点的不同组合。于是我赶紧叫来了按摩师，向他学习盲人文字。

你看我都学到了些什么。”

松村一边说着，一边从抽屉里取出一张纸，上面并排写着点字所代表的五十音：浊音、半浊音、拗音、促音、长音、数字等。

“你注意看，现在我将‘南无阿弥陀佛’这六个字从左到右，三个字为一组，排成两行，就成了跟点字一样的双行排列。这样，南无阿弥陀佛的每个字正好搭配点字的各个点。‘南’字对应点字中的‘ァ’，‘南无’对应点字中的‘ィ’，依此类推，结果就出来了。这就是我昨天晚上的劳动成果。最上面的这一行是把纸条中的南无阿弥陀佛像点字一样排成两行，中间这一行是与其相对应的点字，下面这一行是破解的结果。”

松村说着，又取出一张纸。

“破解出来的结果是：自五轩町正直堂领取玩具钞领收人之名为大黑屋商店。意思是：去五轩町的正直堂领取玩具钞票，领取人的名字是大黑屋商店。意思很明白了。我不明白的是，为什么要去领玩具钞票？我思考了好一阵子，不过这一次我很快就有结果了。我真的很佩服那个绅士大盗。他不但头脑聪明，而且心思缜密。这玩具纸币的提法，真的是妙不可言！

“原本这一切都是我的设想，但是太幸运了，每一个环节都被我猜中了。我认为，为了以防万一，绅士大盗事先就已经找好了藏匿钞票的安全之所。要说这安全之所，你认为最安全的地方往往最不安全，而最安全的藏匿就是不藏，将其暴露在大庭广众之下——这种藏匿反倒不容易被人发现。这个绅士大盗着实不简单啊！他居然想到了用玩具纸币来掩人耳目。我当时猜测这个所谓的正直堂肯定是生产玩具纸币的商铺——果然被我猜中！绅士盗贼事先以'大黑屋商店'的名义订购了大量玩具纸币。

"听说最近在花街柳巷流行一种跟真的纸币一样的几乎可以偷梁换柱的玩具纸币。好像就是你跟我说的吧？你说这是那些风流玩家逗女孩开心的玩具，跟什么'恐怖盒子'、泥巴点心或者水果以及玩具蛇是一类东西。因此，即使绅士大盗订购了一大批玩具纸币也不会引起人们的怀疑。绅士大盗偷走工厂的五万元钞票之后，立刻潜入正直堂的仓库，将自己偷来的真钞与仓库里存放的自己订购的玩具纸币调了包。就这样，在订购人取走这批玩具纸币之前，它都会安安全全地存放在正直堂的库房里。

"这虽是我的猜想，但可能性极大。不管怎样，我还是要去看个究竟的。我在东京地图上找到了这个叫作'五轩町'的地方，它在神田区。我决定去取这批玩具纸币，但是临行前我突然想到，如果事后对方知道了这批玩具纸币是我取走的，我日后将会遭遇怎样的报复，想想都害怕。因此我去取玩具纸币的时候绝对不能留下任何关于我的蛛丝马迹。于是，我今天扮成了这个样子。这就是我跟你要那十元钱的原因。你看下，我这身装束不错吧？”

说到这里，松村脸上露出了得意扬扬的表情，笑的时候，整齐的门牙格外显眼。其实我刚才就注意到了他嘴里有一颗金光闪闪的金牙。他将那颗金牙取下来，拿到我面前，说：“这是在夜市买的，其实就是白铁皮外面镀了一层金，然后套在牙齿上。区区二十钱的一块白铁皮，可起了大作用了。金牙是最引人注意的线索。日后有人要是想找那个取走玩具纸币的人，金牙可能是最重要的一条线索。

“今天早晨，做好了这些准备，我才去了五轩町。在路上，我十分担心货款的问题。我想，那个绅士大盗一定非常担心自己的货物被转卖出去，因此应该付了一部分订金。但是一旦他没有预付的话，那这批玩具纸币最少需要二三十元钱，这可怎么办呢？我没有那么多钱。实在没办法，只能糊弄一下了！见机行事吧！我带着这样的心情来到了五轩町。幸运的事，正直堂那边根本没有提钱的事，就把东西交给了我。就这样，对，就是这样，我就轻轻松松地将这五万元纸币弄到手了。下面，我只想好好考虑一下如何使用这笔巨款，你不妨给点儿主意。”

我认识的松村从来没有如此兴奋过，五万元的魔力真的是不敢想象！松村在描述这一切的过程中，脸上的表情着实让我惊叹。为了让文章更紧凑，我一直克制着自己，没有提及松村在描述这一切的过程中的兴奋和心满意足！当然他好像也在努力克制自己，以让自己不要过于得意忘形，但是他好像无论怎么努力，都于事无补，那种发自他内心的喜不自禁的心情是无论如何也无法掩盖的。有时候，他兴奋过度时，脸上如疯子一般龇牙咧嘴，竟让我内心不禁生出一种酸楚来。我以前曾听说，有人因为买彩票中了大奖而发疯，那么相对来讲松村因为这五万元钞票而喜不自胜其实是可以原谅的。

我希望松村可以永远这样幸福下去，我为他祈祷。但是，不得不说，松村的这一番推理明显存在一个巨大的漏洞。因此听完他的描述，我不合时宜地捧腹大笑——就好像看到了最搞笑的滑稽剧一样——我实在遏制不住自己。我内心里一直提醒自己，在这样的场合发出那样的笑声是不合时宜的，但是我内心里喜欢恶搞别人的那个小恶魔一直在捉弄我，我只能有感而发！

看到我这般反应，松村愣了一下，他当然不明白我为什么会发出这样的笑声。他像是看到了妖怪一样，一脸惊诧地看着我，问道："你这是怎么了？"

我好不容易才停下来，说道："干得漂亮！你的推理真的太精彩了。我以后一定对你的聪明才智深信不疑。要说咱俩谁更聪明，我甘拜下风。但是你真的相信这如你所愿的一切毫无破绽？"

松村一时没有回答我，只是呆呆地望着我。

"你真的以为那个绅士大盗有那样的聪明才智？你的推理如果写成小说实在无可挑剔，但是生活要比小说现实多了。即使单就小说情节来讲，我也非常想提醒你一句，那个纸条上的文字难道没有别的解读方式了？是否有可能在你解读的句子的基础上再解读出另一层意思呢？举个例子，如果按照每隔八个字跳读的方式解读一下呢？"

我一边说着，一边在松村标有解读结果的那张纸条上做了几个记号，得出了如下结果：御冗谈。

"你知道这是什么意思吧？开玩笑的意思。你觉得这是偶然的吗？难道真的不是有人在搞恶作剧？"

"可是，这个，你怎么解释？这是实实在在的钞票。小说中是不可能产生金钱的。"松村没有说话，只是站起来，将他装钞票的那个包袱——他坚信里面装有五万元钞票——拿到我面前。

他的声音里充满了好像即将要面对一场决斗的坚定和果断。看到他的样子，我不由得有点儿后悔甚至害怕，我不曾想到我的这个小小的恶作剧居然有如此强大的力量。

“非常抱歉，我向你道歉，请你原谅。你那么珍视的包袱里的钞票，其实是玩具钞票，不信你拿出来看看吧！”

松村连忙去解那个包袱的带子，他的动作慌乱得就像是在黑暗中搜索东西一般。我看他如此，内心不禁有点儿后悔这样做。他花了好长时间才解开了包袱。只见包袱里有两个用报纸包成的四方形纸包。其中一个纸包的报纸有点儿破损，若隐若现地露出了里面的东西。

“这个是我半路上打开的，我亲眼查看过了。”松村的声音忽然哑了，好像喉咙里卡着什么东西。他一边说着，一边将纸包全打开了。

果真是做工非常考究的纸币。表面上看，这些纸币几乎可以以假乱真，但是仔细一看，这些纸币的正面都印着大大的“团”字，而不是真的纸币上印的“圆”字。也就是说，这些纸币不是十圆、二十圆，而是十团、二十团。松村完全不敢相信自己的眼睛，他不停地细细地查看那些纸币，他脸上的笑容慢慢地一点儿都没有了，只剩下满满的尴尬、遗憾以及沉默。

对此，我心里除了抱歉，还是抱歉。我一次又一次地向松村表达歉意——因为我玩过头的恶作剧，但是松村根本听不进去。那一天接下来的时间里，他一句话都没有讲，除了沉默，还是沉默。

我要讲的故事，到此就要告一段落了。但是为了满足大家的好奇心，我想我有必要将我上面所说的恶作剧给大家做一个详细的说明。

其实那间叫作正直堂的店铺是我的一个远亲开的。有一次，我的生活实在是维持不下去了，突然想起了我的这个远亲。其实，我欠这个远亲好多人情。那一次我本不想去找他的，但我还是厚着脸皮登门造访了——我原本打算借点儿钱缓解一下自己的困境。这个事情，我没要和松村提起过。结果，借钱的事无功而返，但是我无意中看到了他家印刷的玩具纸币真的是惟妙惟肖，完全可以以假乱真。此外，我还得知，那批玩具纸币是一个叫作大黑屋的老客户订的货。

这一发现让我惊喜不已。当时我和松村几乎每天都会讨论那个绅士大盗的事情，我将我的最新发现和绅士大盗的事情联系到了一起，想到了这个充满恶趣味的恶作剧，只想好好捉弄一下松村。

我之所以这么做，其实也是像松村一样——不惜放过每一个在我面前炫耀自己聪明才智的机会——想抓住这个难得的机会显示一下我在智商方面的优势。

那张纸条上的所谓的暗号当然是我的杰作，但是并不像松村推理的那样。我根本不懂什么暗号的记法，之所以写下那些文字，完全是突发灵感而已。至于烟店老板娘有个女儿嫁给了给监狱送货的人，这也是我胡编乱造的。实际上，烟店老板娘有没有女儿，我完全不清楚。其实，在设计整个恶搞情节的过程中，我最担心的不是这些故事化的情节，而是那些现实的问题，比如那些玩具钞票是否能好好地存放在正直堂的库房里——一直到松村去取走为止，这种现实情况是最难把握的，但对于整个恶作剧来讲却又是最具有滑稽意味的。

相对来讲，我最不担心的是玩具纸币的货款问题。因为我早就知道，正直堂和大黑屋之间的交易一直以来都是期货交易，货款都是隔一段时间结一次。此外，正直堂一直以来的经营方式都是不甚严谨的，即使松村没有取货条，只要货物还没被取走，他就不会空手而归。

最后我要讲的就是那枚两钱铜币了——这才是整个恶作剧的源头。但是很遗憾，关于这枚两钱铜币，我不会做太多的说明，因为我担心如果我在此说了一些不合时宜的话，会给送我这枚两钱铜币的人带来无妄之灾。我是偶然得之，你不妨这么认为吧！

月亮与手套

一

剧作家北村克彦出现在股野重郎家门口的时候，东方的天空正挂着一个巨大的月亮。那轮血红色的月亮挂在黑黑的工厂的建筑物的上方，犹如鬼魅一般，令人不寒而栗。北村克彦觉得，自己移动一步，月亮也移动一步，就好像在跟踪他一样。现在回想起来，北村克彦觉得，那轮血红色的月亮也许就是那不幸事件的预兆。那天晚上的一切，他永生难忘!

那是一个寒冷的二月的夜晚。尽管刚过七点，但是整个街市像是陷入深度睡眠的巨人一般，除了北村克彦，路上别无他人。

路旁边有一条排水沟，沟对面的工厂的围墙弯弯曲曲向前蜿蜒延伸。天上的红月亮追着北村克彦的脚步，在工厂高高的烟囱上方一点儿一点儿向前滑行。

排水沟的这边是住宅区，水泥围墙和树篱笆清晰可见。一座被矮矮的水泥墙包围着的木质二层小楼正是北村克彦的目的地——股野重郎家。门口的石柱上，有两盏圆圆的玻璃灯，正散发着微黄的灯光。进入大门，再走十几米远，就是门廊。正对着大门的有灯光透出来的二楼的房间正是股野重郎的书房。房间的窗户拉着窗帘，里面是什么情况，北村克彦一无所知。然而，即使不用眼睛看，北村克彦也能想象得到窗帘里面股野重郎那一张尖酸刻薄的脸，当然也少不了他的粗框玳瑁眼镜和贝雷帽，以及他那一成不变的褐色的夹克衫。

一想到股野重郎那一副丑态，北村克彦就觉得恶心，甚至想掉头回去。

（今天这一次会面不同寻常，应该少不了一场争吵甚至肢体冲突！）

股野重郎一直在依仗前男爵的身份大量放高利贷。战争结束后，他几乎变得一贫如洗，谁知他手上的一些股票居然涨价不少，再加上他还持有一部分土地，因此换得了大量现金。依靠这些现金，他做起了放高利贷的生意，每天浑浑噩噩游戏人间。股野重郎骨子里是一个很有经济头脑的商人，完全不像那些迂腐的没落贵族。

股野重郎和日东电影公司的总经理是老熟人，于是利用这层关系挤进了日本电影圈。不过，他并不是真正的电影人，而是一个地地道道的电影流氓。他长得很瘦，面色苍白，像一个文弱书生，表面上完全看不出他的心狠手辣。他总是先将那些电影人的丑闻弄到手，然后利用这一点来放高利贷。他深知人性的弱点，并且十分善于利用这一点来为自己谋利。当他借钱给别人时，对方十分担心被公之于众的丑闻就是他手中的把柄，这比那些公证书和抵押物更有杀伤力。虽然他也不敢把月利率提高到百分之五以上，但是因为向他借款的人非常多，所以他的资产仍像滚雪球一样越滚越大。

北村克彦也曾向股野重郎借过一笔钱，但半年前已经连本带利还清了。所以，北村克彦此刻担心的并不是这一点。北村克彦之所以不愿意见股野重郎，还有别的原因。

股野重郎的老婆叫夕空明美，做过少女歌剧团的演员。她虽是一名女演员，却很擅长演男角，而且名气越来越大。后来，日东电影公司的一位经理看中了她，将她挖到了自己的公司。夕空明美如愿以偿地成了一名电影演员。不过，隔行如隔山，歌剧演得好，电影却未必能演好，她演了几部电影，都不太受欢迎。这让她好不伤心。她想，实在不行，就改行算了。谁知，在她事业遭遇重创，情绪十分低落的时候，股野重郎走进了她的生活。后来，夕空明美就和股野重郎结了婚，这多半归功于股野重郎的男爵出身和巨额的财产。

北村克彦很早就在日东电影公司做编剧，与明美很是相熟。虽然明美三年前就已经与股野重郎结婚了，但是她仍然与北村克彦保持着频繁的联系。

大约在半年前吧，因为一次偶然的机会，北村克彦与夕空明美开始偷情。明美经常借故出去，与北村克彦幽会。

他们自以为做得很隐蔽，不为人所知，但时间长了还是露出了一些蛛丝马迹。更何况股野重郎一向城府很深，敏感多疑，早就有所觉察。不过，他仍然装作一无所知。虽然他偶尔也对北村克彦说几句嘲讽的话，对老婆明美也是如此，但从未将事情挑明。

（但是，今天晚上，北村克彦预感事情不妙。股野重郎请他来家里做客，故意把他和明美叫到一起，一定是要向他们发难了。）

北村克彦找了一个借口，吃过晚饭才来，主要是为了避免他们三个人一起吃饭时的尴尬。而且，他希望尽量和股野重郎单独见面，避开明美。

一看到二楼书房的灯光，一想到要与股野重郎见面，北村克彦突然想打退堂鼓了。如果他真的转身离开了，那也就不会发生后来的一切了。但是，北村克彦转念一想，长痛不如短痛，索性和他摊牌，有什么了不起的，倒要看看他葫芦里卖的什么药。想到这里，北村克彦壮起胆子，走到股野重郎家门前，按响了门铃。

出乎意料的是，大门打开后，出现在北村克彦面前的竟然是明美，而不是以往的来开门的女佣。明美下身穿着一条华丽的格子纹路的裙子，上身是一件绿色的毛衣，这一身穿着使她娇小的身材显得更加楚楚动人。她虽然已经三十岁，但是因为身材纤细，面容姣好，看上去要比实际年龄年轻好多。见到北村克彦时，她很是欢喜，性感的嘴唇微微一翘，好像欲言又止，然后浅浅一笑，娇羞之中略带一丝不安的神情。

“怎么是你？那个大姐呢？”北村克彦问道。

“得知你不来吃饭，我们让阿姐回家去了，今晚只有我和丈夫两个人在家。请进吧！”明美说。

“他是在二楼吗？今晚他可能要和我们摊牌了，我们该怎么办？”北村克彦小声问道。

“事情到了这个地步，也不用隐瞒什么了，干脆直截了当地说出来，看他能怎么样！”明美的语气异常坚定。

“我也是这么认为的。”

他们二人走进狭长的客厅的时候，抬头看到股野重郎正站在楼梯上俯视他俩。

“嗨！我是不是来晚了？”

“上来吧！我等你很久了。”

二楼的书房里烧着一个大大的烧煤炭的火炉，长长的烟囱一直延伸到屋顶，因此室内很暖和。股野重郎天生怕冷，他曾不止一次说过，没有这火炉，他活不过这个冬天。

房间中央放着一张待客用的圆桌，以及沙发和椅子。房间的一个墙角处摆着一张榻榻米大小的书桌。其中一面墙上装着一个嵌入式的保险柜，旁边有一个英式风格的酒柜。怎么说呢？都是些老物件儿，基本上都是借款人的抵押物。

北村克彦把大衣放在门口的长沙发上，然后找了张椅子坐了下来。

股野重郎从酒柜上拿出一瓶威士忌——一种非常有名的苏格兰酒，叫作黑标威士忌，放在桌子中央。喝如此昂贵的酒！这与他一向一毛不拔的行事风格极不相称，这酒说不定也是抵押品。

股野重郎倒了两杯酒。北村克彦只是抿了一小口，而股野重郎端起酒杯一饮而尽，接着又给自己倒了一杯。

“北村，今天为什么让你过来，你心里一定很清楚。那咱们就打开天窗说亮话。”

股野重郎还是一如往常的那身打扮，头戴贝雷帽，留着艺术家特有的长发，上身穿一件茶色短衣，下身是一条黑色长裤。混迹电影江湖后，他一向都是这身装束，以便表现出电影艺术家的特立独行。但圈里人都知道，他就是一个放高利贷的，一个不折不扣的奸商。股野重郎已经42岁了，但是有时候他看上去和30多岁的北村克彦年龄不差多少，有时候他又让人觉得他已经50多岁了。他就是这样，不仅在年龄上如此，在性格及行事风格上也给人一种深不见底的感觉。

股野重郎天生胡子稀少，脸上光溜溜的，再加上肤色苍白，眉毛也是淡淡的，眼睛及鼻子又细细长，因此多多少少是有些贵族相的，但即使是贵族也是那种极其阴险的贵族。

"其实我早就知道了，但是我一直没有证据，所以选择沉默。不过就在前天，我终于有证据了。当时你公寓的窗帘并没有拉严实，留有一个一厘米左右宽的缝隙。通过这个缝隙，我将屋内当时发生的一切尽收眼底。趁此机会，我也想告诉你，细节决定一切，不管做什么事，任何微小的细节都不能忽视。当然，冲进去将你们捉奸在床的这种事情，我是做不出来的，我还是一个有教养的人的。当时，我忍住了，但是我今天决定摊牌。"

股野重郎一边说着，一边将第三杯威士忌喝下。

“我为此深感遗憾！我愿意承担任何后果。”北村克彦羞红了脸，只能低头表示忏悔。

“好吧！看样子你已经意识到了自己的错误，那我直接提条件了。第一个条件，你从今以后和明美断绝来往，任何情况下都不得有任何联系，更不能见面。我的第一个条件，听明白了吗？第二个条件，你必须赔偿我，以安抚我在精神上所遭受的创伤。赔多少呢？五百万不算多吧！我知道，你一下子拿不出这么多的现金，你可以分期付款，每年一百万，五年内付清如何？当然了，你现在可能连一百万都拿不出，我感觉你可以跟公司借。你在公司还是有一定地位的，应该可以借到这么多钱的。然后，你只要认真工作，并且避免不必要的浪费，相信你是可以还上这笔钱的。我思来想去，这也许是最契合你身份的解决方式了。第一次这一百万，我给你一周时间。怎么样，我够仁慈了吧？”

一口气说了这么多，股野重郎的嘴唇看上去都快要痉挛了，不过他嘴角贪婪的笑意丝毫不曾有所削减。

“什么？五百万？别开玩笑了！我连一百万都没有，别说五百万了！这样，你打个对折……对了……实际上我连一半都不一定能拿得出来！但我会尽力的，即使不吃不喝不睡觉，我也一定努力，所以请您行行好，给我打个对折吧！”

“不行，完全不可能！不管怎么说，这已经是相当仁慈的赔付了！假若你不接受我的条件，那咱们只能法院见了。你相信我，我一定将你的所有丑闻公之于众。我一定要让你在电影圈身败名裂！你如果觉得这样比较合理，那你就等着吧！我相信你不会让我这么做的。你只能接受我开出的条件。”

第四杯威士忌下肚以后，股野重郎对于北村克彦的讨价还价严词拒绝。

对北村克彦来讲，经济赔付还在其次，关键他一点都不想离开夕空明美。北村克彦和夕空明美彼此深爱着对方，他们可以为了对方去死，怎么可能接受分手的现实？但是面对夕空明美名正言顺的丈夫，北村克彦真的无能为力，难道他能要求股野重郎将自己的妻子让给他？社会道德观念根本不允许他这么做！离开明美，简直像割自己的肉一样。一瞬间，北村克彦觉得，能逃脱这种无奈的，恐怕只有“死亡”了。

“那么，明美呢？难不成你也要报复明美？”

“这就不是你应该关心的事情了。我自有我的考虑。我一定会出这口恶气的。”

“那好吧！你提的条件我都接受！但是请你放过她！这一切都是我的错。”

“还真是令人羡慕的爱情啊！你不觉得你越是这样做，越是容易让我嫉妒吗？”

“那你说我到底怎么做，你才能放过明美？我真的很爱明美。这样讲，我真的非常抱歉……但是我真的放不下我对明美的爱。”

“你脸皮可真厚，在我面前你居然也敢说这样的话！好吧……我现在直接说出我的第三个条件——我要让你的身心都受到报复。”

股野重郎一边说着一边猛地从椅子上站起来，他天生苍白的脸，因为醉酒而呈现出一种铁青色。在那样一张脸上，他的两只眼睛里面充满了——火焰，红红的火焰，仇恨的火焰。

突然之间，北村克彦只觉得头晕目眩，紧接着一头栽倒在了椅子上。是的，股野重郎狠狠地甩了他一个大嘴巴子。

“你干什么？”北村克彦怒吼了一声，他脑袋里一片空白，只是凭着直觉，向股野重郎直扑了过去。

这次备感狼狈的是股野重郎。他完全没有意识到北村克彦会对他进行攻击。紧接着，他们两个人互相扭打在一起，互相朝对方脸上能抓的任何地方抓去。刚开始的时候，北村克彦稍占上风，但是股野重郎忽然借助一股巧劲儿扭转了局势，他那瘦削的身体却偏偏有两条像钢筋一样强有力的手臂，他紧紧地勒住了北村克彦的脖子。那一刻，北村克彦觉得自己快要死了。

看来股野重郎是真的想置自己于死地，北村克彦非常绝望，他心想，那我干脆杀了你！

当时的情景下，北村克彦就像一个受了欺负的孩子一样，双手拎着鞋子，满脸又是鼻涕又是眼泪，但是仍然在奋力抵抗，仍然在使尽全身力气进行抵抗。

北村克彦终于翻到了股野重郎的身上，是的，他扭转了局势，似乎就是一瞬间的事情。北村克彦也想掐住股野重郎的脖子，但是股野重郎像一只狡猾的狐狸一样躲了过去，一下子将脸扭了过去，直面地板的方向。

（真是个蠢货！你这样趴下去，我正好可以用力勒住你的脖子。）

北村克彦骑在股野重郎的背上，轻巧地将右手手腕儿插入了股野重郎的喉咙下面，然后使劲儿地将股野重郎的脖子狠狠地往自己胸前扳，那姿势就好像他抱着一个孩子一样。

股野重郎人本身比较瘦，所以他的脖子又细又长，北村克彦只觉得自己抱着股野重郎的脖子的时候，就好像抱着一只鸡的脖子。

纵使股野重郎用尽全身力气想要挣脱北村克彦的手腕儿，但始终是徒劳。慢慢地，股野重郎苍白的脸一点儿一点儿变成了紫色，然后居然鼓胀起来。

北村克彦忽然听到了一声来自女性的惨叫声，但是他此刻根本没有时间留意周围的任何事情。他只是一心一意地几乎是机械地用自己的右臂紧紧地勒着股野重郎的脖子，并且一点儿一点儿地勒得越来越紧，忽然“咔嚓”一声，好像什么东西断了一样！难道是这个人的脖子让我给勒断了吗？北村克彦想到。

其实，北村克彦已经完全进入了一种忘我的状态。但是在内心深处，他很清楚自己杀人了。他潜意识里觉得一旦这个家伙消失了，所有的事情也就解决了。但是这个家伙死后，所有的事情将会向着一个什么样的方向发展，他并没有想清楚，他只是单纯地觉得股野重郎一死，所有的事情肯定比现在的境况要好一些。

股野重郎已经没有生命迹象了，卧倒在地，他的手已经松开，他的头向下耷拉着，就好像被折断了脖子的鸡。但是，北村克彦依旧顽强地保持着紧紧地勒着股野重郎的姿势。

房间里安静得很，北村克彦只能听见自己的心跳声，山呼海啸一般的心跳声！此外就是弥漫在房间里的一种近似死亡的诡异气氛！

此时此刻，就算北村克彦没有回头看，他也听不见任何声音，但是他知道有一个人一直站在他的背后，而且自始至终一直站在他的背后，静静地看着房间里发生的一切。

北村克彦想转过头看一下身后边儿，但是他发现，他脖子上的肌肉好像僵硬了，他从来没有想象过一个人转一下头竟然如此困难。他好不容易将头转了一下——只是很小的一个角度，他发现站在他后边的那个人是明美。明美一脸惊讶，眼珠子好像都要从眼眶中跳出来了。她非常恐惧地盯着——躺在地上的股野重郎的尸体。

这是北村克彦第一次看见一个人因为对某一个景象过于恐惧而瞠目结舌的样子。

这么说吧，明美好像变成了一尊蜡像，一动不动地僵在那儿，仿佛有人轻轻一推，她就会轰然倒塌一样。

“明美……”北村克彦想呼唤一声明美，但是他好像发不出声音，他感觉喉咙好像有一颗巨石堵着一样，口干舌燥。他备感无力。

北村克彦向明美招手，想让她到自己身边来，但是他发现自己的手好像有千斤重一样，怎么也抬不起来；刚才死死勒住北村克彦的那只手臂，此刻仿佛成了一块铁，毫无知觉。

北村克彦突然想起自己曾经在戏剧里看过的一个场面：参加决斗的武士在决斗结束后，手指完全僵硬了，根本没有办法从刀柄上松开，只得借助旁人一根一根将手指掰开。此刻的北村克彦面对的也许是同样一种情况。据说，手脚麻痹的时候，要慢慢活动活动，让血液循环起来，就会得到缓解。想到这里，北村克彦稍微动了一下肩膀，然后又试着动了一下手指，他终于感觉有血液慢慢流向手指。接着，他用了好大的力气终于将缠在股野重郎脖子上的手臂拿出来了。虽然还是有些麻木，但是比刚才好很多了。

北村克彦几乎是爬着来到了圆桌旁，他伸手抓起桌子上自己刚才喝了一小口的那杯威士忌，仰起头，一饮而尽。他觉得口中火烧火燎般难受，这点酒多少滋润了一下他干渴的咽喉。

这时，明美仿佛才缓过神来，随即踉踉跄跄地来到北村克彦身边，仿佛有什么话要说，但又说不出来，看来她也需要一杯酒。

北村克彦的麻木感这时已经快没有了，变得灵活多了，只见他扶着桌子站起来，拿起酒瓶倒了一杯酒，然后送到明美手里。明美接过酒杯的时候，酒杯在半空中摇摇晃晃地洒了不少酒在地上。

“死了吗？”明美喝了一口酒后，问道。

“是的，死了。”

两个人的声音都有些沙哑。

二

北村克彦坚信股野重郎已经死了，所以根本没有做任何施救措施。

接下来的十多分钟的时间里，北村克彦一动不动地待在椅子上。绞刑架上绞死犯人的场景或是其他稀奇古怪的想法，轮番在他眼前上演。就在这个过程中，有一个想法越来越明显地出现在他的脑海里，那就是接下来如何收场？一直到最后，那些乱七八糟的想法都被他一一强行从脑海里赶跑了，他觉得他接下来要做的唯一的一件事就是如何让自己从这突发事件中顺利抽身。

（此时此刻，我必须冷静，我要像一台计算机一样，冷静、严谨。股野重郎已死，这对我来讲难道不算是天大的眷顾吗？

明美可以从牢狱般的婚姻生活中解脱，获得自由之身；我可以一个人独占明美了；还有，股野重郎的巨额资产也将归明美和我所有。我现在是个杀人犯，如果只是听天由命，顺其自然，总有一天我会被关进监牢。虽然这是源于争吵和打斗的激情杀人，也许不至于被判处死刑，但我这一生无论如何都不会有好结果了。也就是说，自首，或是逃亡，对我来讲，结果都是一样的。实际上，并不是没有逃离刑罚的方法，我不是一直都在思考这样的问题吗？）

北村克彦自从爱上明美，就对股野重郎恨之入骨，其实他在幻想中已经无数次杀死了股野重郎。他设想过各种杀死股野重郎的方法，以及逃避罪责的方法。他设计的那些方法，都十分周全，完全不会被警察发现，现在只要执行其中的一个不就可以了吗？

（现在必须抓紧时间，十分钟之内我必须把所有的准备工作都做好。）

北村克彦抬手看了一下自己的手表，真是惊险啊，表居然还能走，表针指向了七点四十五分。然后他又看了看装饰柜上的时钟，显示时间是七点四十七分。

明美趴在北村克彦身旁的地上一动不动。北村克彦准备扶起明美，明美一下抱住了北村克彦。他们两个人的眼睛之间只有十厘米左右的距离，他们就那样望着彼此，看着对方的眼睛。通过北村克彦的眼神，明美一下子明白了北村克彦的想法。或者这样说吧，他们两个人都立马意会到了他们接下来应该怎么办。

“明美，我们来演一场戏吧，你应该可以的！你已经是非常成熟的老演员了，你能办得到！但是在此之前，你必须有坚定的意志。”

明美慎重地点了点头，仿佛在说：“即使是为了克彦君，我也必须这么做！”

“今晚的月亮真亮啊！半个小时之内，最好没有人路过这里……我记得你以前和我说起过，巡警路过这里的时间——一般都是八点以后吧？看来我还是相当清醒的，居然……还记得这件事。”

“是的，每天晚上八点半左右，巡警都会来巡视一次的。”明美充满疑惑地说道。

北村克彦来到窗户边，通过鹅黄色的窗帘看外面，天上一丝云彩都没有，只有一轮幽深的圆月挂在上面。

（难道这是命中注定？如此好的月亮，女佣不在家，等会儿巡警会路过这里，这一切难道都是上天注定的吗？万事俱备，只欠东风，这东风就是明美的表演。接下来，只要明美能好好地演上一出戏，一切就都迎刃而解了。而说到明美，她舞台经验丰富，完成接下来的任务绝对没有问题。更何况，明美最擅长反串表演了。对我来讲，我必须忘记自己是杀人犯这件事。从现在开始，我是一名导演。在这样的时刻，来自内心的恐惧是我最大的敌人，我必须战胜自己。我只要将躺在地上的那个人当成一个玩偶就可以了。）

北村克彦清楚，原本毛毛躁躁的自己在这种时候必须保持高度的注意力，但也要做到一定程度的放松，这样才能让自己的逻辑思维更严谨，让自己的行为更小心。

“明美，以后的日子，我们是幸福地生活下去，还是坠入不幸的深渊，都取决于接下来的一个小时之内我们的所作所为，而你能否沉着冷静地应对这一切至关重要。你是一个优秀的演员，演技是绝对没有问题的。你只要不惧怕，就一定能演好下面这一出戏。这可关系到我们的性命啊。你必须彻底忘掉刚才发生的一切，演好自己的角色，就像站在舞台上一样。”

“我一定能做得到，但是我该做些什么呢？”

由于心有余悸，明美的身体还在颤抖着。她故作镇静地表达了自己的决心。尽管相识多年，但他们两人的心从来没有像今天这样贴得如此近。

北村克彦小心翼翼地走到股野的尸体旁，慢慢地蹲下来。

为了确保万无一失，他检查了一下股野重郎的心跳，没有任何动静。其实，即使不检查，也可以看出，股野重郎已经死了。他脸上的表情已经完全僵化了，身体也变得很僵硬。

北村克彦从股野重郎尸体旁边将那顶藏青色的贝雷帽捡了起来。然后，他发现，股野重郎那副玳瑁框眼镜也没有摔坏，正斜插在股野重郎的前额，于是也拿了起来。

（但是如果要想将股野重郎身上的外套脱掉，可能就没有那么容易了。）

“明美，家里还有和这件外套颜色一样的外套吗？他应该有替换的衣服吧？”北村克彦指着股野重郎的外套问道。

“有。”明美答道。

“在哪里？”

“隔壁卧室的衣柜里。”

“太好了。帮我拿来吧。我还需要一副手套，不能是皮质的，最好是军用的那种白手套。你家里有吗？”

“有的。你应该知道的，战争期间，股野是吃过不少苦头的。那时候他干过不少农活儿呢，干农活儿期间，他存了很多这样的手套，就在厨房的抽屉里放着呢。”

“非常好，拿来吧。另外，我还需要两根足够长以及足够结实的绳子。隔壁的卧室里有没有这样的绳子？”

“不是很清楚……即使有也应该在衣柜里面，但应该没有太结实的吧。可以用别的代替吗，比如股野雨衣上的带子，或者……领带？”

“那不行，领带不够长，也不太结实。”

“有了……股野有一件大衣，有一条配套的皮带，又长又结实。”

“这个应该可以，快去拿来吧。还有，我以前在你家见过一种草制的衣服刷子，像扫帚一样。这个东西，现在可以利用一下。它还在吗？”

“在，就挂在衣柜上。”

“好的，你一定要记住，所有的东西都要找齐，一样也不能忘。我再重复一遍，你一定要记牢：一副手套、两条皮带、一个衣服刷子、一件外套。再加上这里的帽子和眼镜，就这些东西，一样都不能少。不对，领带，领带也不能少，拿三条领带过来吧。对了，还有钥匙，衣柜的钥匙，书房的钥匙，隔壁卧室的钥匙，书房和卧室之间的这扇门的钥匙，以及大门的钥匙，都要拿来。记住了吗？”

“一副手套，两条皮带，一个衣服刷子，一件外套，帽子和眼镜，三条领带，衣柜的钥匙，书房的钥匙，隔壁卧室的钥匙，书房和卧室之间的这扇门的钥匙，以及大门的钥匙，”明美掰着手指默默地重复着，“对了，书房、卧室以及它们相间的这个门的钥匙是一样的。只要再找到衣柜和大门的钥匙就可以了。一共三把钥匙。”

“没错，这三把钥匙平时都放在哪里呢？”

“衣柜平时不锁，钥匙一般就挂在柜门上。大门的钥匙和书房的钥匙，股野有一套，我也有一套。股野的钥匙通常都装在口袋里，我的钥匙在楼下我的卧室里的小柜子里。”

“这样的话，那就用他口袋里的那一套吧，我会取出来的。现在，你负责去找其他的东西，一样也不能少。要快一些，我们已经没有太多的时间了。”

这时的明美已经完全不再害怕，头脑十分冷静，就像平时演戏一样，与导演配合得相当默契，迅速跑到卧室里去找各种东西。

北村克彦来到股野重郎的尸体旁，在尸体的口袋里摸索了一会儿，终于找到了那两把钥匙。说来也奇怪，此时他并没有感觉到恐惧。由于屋里很热，尸体还有些体温。北村克彦想，就是再过半小时，尸体也不会完全冰凉的。

不一会儿，明美就找全了所有的东西。北村克彦将它们放在桌子上，逐一清点了一番。接下来，他开始做一件奇怪的事情。只见他拿起衣服刷和一只手套，先把刷子上的草制的刷毛分成了五束，然后分别塞入手套的五个指套中，这样他就做成了一只戴手套的假手。

“这是一出独角戏。你要装扮成股野来演这出戏。你的头发与股野留的长发很像，稍微向后梳一下就可以了。你再戴上股野的贝雷帽和眼镜，这样，鼻子上面的部分就扮好了。然后是鼻子以下的部位，怎么办呢？用这只手套挡住你的嘴，就好像有人从你身后面伸过手来捂住了你的嘴一样。你要做出被人捂住嘴巴，想喊叫又喊不出来的样子。你还要装作想要用手尽力推开这只手的样子。明白了吗？”

对所有这些细节，北村克彦都已经想得很清楚。他曾经多次在幻想中杀死股野重郎，并对杀人后如何抽身，有非常成熟的考虑。

“下面，你就在毛衣外面套上股野的这件上衣，裙子就不用换了。然后，你打开窗户，将上半身探出窗外，一定要保证在外面那条路上路过的人能够看到你。你要记住，你一定要将自己想象成股野，而你的身后面有一个男人戴着一副军用手套，他用力抱住了你。你试图大喊救命，但是他却试图用手捂住你的嘴。你挣扎着想要掰开他的手。记住，你的喊声要尽量像男人的声音一样，沙哑一些。

“书房的灯先关掉吧。等我和巡警出现在大门前那条路上的时候，你就可以开始你的表演了！假如巡警没有来，我也一定会找个路人来见证这一切的。你记住，一定要随机应变，你可以先通过窗帘的缝隙观察一下外面的情况，看到我出现的时候，你就可以开始行动了。

“大喊几声之后，你要装作被那个男人从后面拉走了一样，从窗户边消失，窗户外面的人就看不到你了。书房的窗户与大门之间还是有相当一段距离的，虽然月光很好，但是路上的行人不可能将屋里的情况看得十分真切。另外，我会配合你的，请放心。”

克彦越说越兴奋，表情里充满了自信。明美着迷地听着，完全理解了他想要干什么。

“我懂了。这样做是为了制造你不在场的证明。将来，那个巡警或者行人作证时会说，股野被人杀害时，你和他一起，刚走到大门口。这样看来，最好巡警能够出现，巡警做证人再合适不过了。我虽然在家里，但一个弱女子是不可能杀人的……可是，这样一来，我一定会看到那个人，警察如果让我描述一下那人的样子，我怎么说呢？”

“就说他是一个高大的蒙面歹徒，一个盗贼。”

“他的衣服是什么样的？是用什么蒙着面的呢？”

“你就说，盗贼穿一身黑衣，头戴一顶帽子，脸上蒙着一块黑布。至于更细节的东西，你就说没有看清楚。当然，他手上戴着军用手套，所以不可能留下指纹。”

“我知道了。主要情节都有了，其他的细节我随便说一下就是了。但是警察会怀疑到我的头上吗？我一个弱女子，不可能杀死股野，这个理由足够充分吗？”

“你说得对。所以才要用到绳子、领带和钥匙啊！请你仔细听我说，时间很紧了，我只能说一遍。过一会儿，我离开你家以后，你要立即锁上这个房门。当你演完窗户前面的那场戏以后，迅速做好以下几件事：第一，从衣服刷上将手套取下，然后先将手套放到衣柜的抽屉里，等以后找机会再将手套放回厨房的抽屉里。第二，将衣服刷挂回原处。第三，那件上衣也要放到原来的地方。做完这些事情，你就拿着领带和绳子到旁边的卧室里去，并把门反锁上。另外，卧室通往走廊的门也必须锁上。这样，别人就不能轻易进入卧室，除非暴力进入，这样做是为了为你赢得充足的时间。至于钥匙，你可以先将其放进卧室的抽屉里。”

“卧室、书房以及卧室和书房之间的门，按道理应该是犯人在事发之后锁起来的。如果抽屉里的钥匙被发现了的话，你就说这钥匙原本打了三把。如果你能将你楼下卧室里的小柜子里的钥匙藏起来的话，那这三个门总共就只有两把钥匙。

“进到卧室后，你立马将两条领带塞进自己的嘴里，用第三条领带勒住自己的嘴，在后脑勺打个结。接着，你打开衣柜，将里面挂着的衣服堆到一边，腾一个足以能容纳一个人的位置出来。然后，你自己坐进去。现在马上试试看！”

他们来到隔壁的卧室，打开衣柜的门看了一下，完全不用试，坐一个人进去，绰绰有余。于是，他们又回到了书房的圆桌旁。

“你进到衣柜之后，马上蜷腿坐下，用这根大衣的带子将自己的脚踝捆起来，记住打个结，并将衣柜的门关上。接下来呢？接下来的工作有点儿挑战，但是我感觉你能做到。你看过挣脱魔术吧？魔术师能轻而易举地将自己捆绑着的手从绳结中解脱出来。接下来，你要做的事情与这个有点儿类似，就是将自己的手伸入已经打好结的皮带中，然后拉紧皮带，套牢自己的双手。听上去是有点儿难度，但是我相信你能做到的。

“现在，我们来试一下，你双手握拳，并在一起，伸过来。对，就这样。我现在要用皮带将你的手捆起来。对于魔术师来讲，捆多紧都没有问题，但是我会给你绑松一点儿的。”

北村克彦一边说着，一边将明美的双手捆了起来。

“明美，现在松开拳头……对……就这样，你试一下。你松开拳头慢慢从皮带中抽出手来。我绑得很松的。是的，就这样，这样子皮带的结就不会松开了。你先把这个皮带结放到衣柜里。你捆好脚踝以后，把这个皮带结放到身后，然后反手向后去够这个皮带结，并将手慢慢套入皮带结里。你明白吗？这样的话，你就像是被人从身后绑住了一样。这些动作确实有些难度，但只要练习几次，你一定能做到的。”

然后，明美在克彦的指导下一步一步练习这一系列动作。只见她在房间的角落里靠着坐下，将皮带结放在身后，把手反剪到身后并试图努力地将双手伸入皮带结中。她往里面伸右手时，就向右边拉皮带结；她往里面伸左手时，就将皮带结向左边拉。她做这些动作的时候，尽量转过头去，以便使用眼睛的余光指导自己的动作。皮带结本来就系得不紧，她试了几次，就如愿将自己捆绑起来了。

“这样很好。然而只是把手伸到皮带结中还不够，还要紧紧地握起你的拳头，手腕还得用力扭动，这样你的手腕才会被皮带勒得越来越紧，才更像是被别人捆起来一样。而且，你不断地扭动手腕，手腕才会有勒痕，才会充血，才会肿胀，才无法从皮带结中轻易抽出来。从本质上讲，这可不同于挣脱绳子的魔术表演，你必须克服这些困难，忍受这些痛苦，把这出戏演好。当然，持续的时间不会太长。不久，就会有人发现你，他们会来解救你。

“这些动作难度是大一些，因此你更不能着急，要慢慢地用心去做才能做好，你有的是时间。过一会儿，我离开这里以后，你马上锁上大门，锁上卧室的门。我们看完窗前的那出戏，虽然会马上赶来，但是破门而入需要一定的时间。我们发现尸体时，肯定也会停留一段时间。之后我们才会来到卧室，并发现你。这期间，会有好长一段时间的，足够你完成这些动作。如果你没有被人发现也不行，那样这出戏就演坏了。当你听到卧室中进来人时，就要拼命挣扎，尽可能弄出比较大的声音来，这样才会有人来救你。这个过程中的每一个步骤都很重要，千万不能出错，否则就会惹来大祸。现在，你将这些步骤重复一遍，我看看你记住了没。”

明美是一个职业演员，这点能力还是有的。她随即将克彦讲述的步骤复述了一遍，一点儿不差。

“真是太棒了，完全正确。你就这么做，绝对不能出一丝一毫的差错。我将大门和衣柜的钥匙都拿走了。你明白我这样做的用意吗？你是被犯人关进衣柜的，而犯人在离开之前肯定会锁上衣柜的门。而你是自己进入衣柜的，不可能自己从外面锁上衣柜的门。但是如果不锁门，肯定是有破绽的。这个问题是有办法解决的。等我和别的不管什么人进入卧室后，我会趁他不注意的时候，用随身带的钥匙锁上衣柜的门。这样不就顺理成章了嘛？此外，还必须锁上大门，这样将延长我们进入房间的时间。”

“你想得太周到，太细致了，连这样的细节都想到了。那么，我为什么要被关进衣柜里呢？”

“这个还不简单吗？那个案犯所仇恨的是股野，并不是他的妻子，他也不想杀死你这么漂亮的女人。他一直蒙着脸，你看不到他的真面目，他也就没有必要杀死你了。但他如果不把你捆起来塞进衣柜，你或许会打电话报警，或许会向邻居求救，这样一来，他就难以逃脱了。所以，他塞住你的嘴，把你关进衣柜，完全是情理之中的事。把你控制住了，也许直到第二天早上才会有人发现这里发生了凶杀案，案犯也就有充足的时间跑掉了。而且，从另一角度来讲，你被关进衣柜，也可证明你也是受害者，而不是犯人的同伙，警察自然就不会怀疑到你头上了。”

克彦说得很在理，几乎没有一点儿破绽。明美听完后连连点头，十分钦佩地望着克彦。

克彦低头看了一下手表，已经八点十五分了。

“对了，还有一件事，不能漏掉的。那个保险柜，必须打开。你知道怎么打开它吗？”

“关于这个保险柜，股野一直提防着我。但我还是知道怎么打开它的。现在要打开它吗？”

“对，马上打开。”

克彦一边说着，一边走到火炉前面，向炉膛里加了一些煤，还拉了几下炉子下部筛煤灰的机关拉手，随即炉灰哗啦啦地直往下掉。

“保险柜里有欠条吧？”

“对，有不少欠条，还有不少现金。”

“现金有多少？”

“有一沓十万元的整钱，还有一些零钱。”

“那些银行存款单和股票先不要动，把欠条和现金拿过来就可以了。保险柜的门不要关了，就那么敞着吧。”

明美把欠条和现金拿过来后，克彦看了看欠条，标的额非常大，但他也来不及细看，只是大体上翻看了一下。有几张欠条上面的名字，克彦很熟悉。

“你想怎么处理这些东西？”

“我会将这些欠条和现金都扔进炉子里，统统烧掉。”

“这可是积德行善的事啊。”

“是的，但又不仅是这样。我们只有这样做了，警察才会认为案犯之所以把欠条都烧掉了，是因为要帮助那些欠股野钱的人。当然，这其中也有案犯自己的欠条。股野向外放高利贷的时候，既没有担保人，也没有做过公证。因此，一旦欠条没有了，那些债务人的债务也就不存在了。只是股野应该还有借款登记簿。一查登记簿，就能查到股野都有哪些债务人了。警察应该会通过这个登记簿来调查那些借款人，这会花费很长时间的。但是即使调查了这些借款人，也很难找到真正的案犯。事情就是这样的。另外，我为什么要烧掉这些现金呢？按理说，案犯如果见到这些现金，应该会拿走才对，但是我们必须留个心眼儿，如果拿这些钱去花，很可能是一件非常危险的事情。你知道的，股野是一个很精明的人，说不定已经将纸币上的号码记下来了，并且将记录本藏在了某个地方。所以，钱是一定要烧掉的。我们先来烧这些钱吧。”

在接下来的三分钟多的时间内，他二人一把一把地将现金扔进炉子里。不一会儿，所有的现金就都化为灰烬了。克彦又用火钳将那些灰烬捣碎，而后，才拿起欠条，扔进了炉子里。克彦自己的任务已经基本完成了，剩下的工作要由明美来完成。

克彦将放在门口长椅上的大衣穿上，掏出口袋里的手套，小心地戴上。然后，他取出口袋里的手帕，轻轻地擦拭着酒瓶和酒杯，以免留下自己的指纹。擦完后，他把它们放回酒柜里。接着，他把所有可能留下指纹的地方，如圆桌、火钳把手、保险柜门和房门的把手等，都仔细地擦了一遍。

最后，他把衣柜的钥匙装入衣服的口袋，对明美说：“一切都就绪了，开始行动吧。一定要谨慎，不能有半点儿马虎啊。”说完，克彦向门口走去。

忽然，明美气喘吁吁地追了上来，带着哭腔说道：“但愿一切顺利。但是如果事情不顺利的话，我们是不是永远也见不了面了？”

克彦停下脚步，转过身来望着明美。明美用双手揽住克彦的肩膀，将一张脸紧紧贴在克彦的胸前。明美那可爱可怜的样子，让克彦心痛不已。克彦紧紧地搂着她，随即又开始亲吻她。这对特殊的情侣就这样久久地搂抱着，不愿分离。有那么一瞬间，在克彦看来，这个情景仿佛是殉情男女的最后诀别。

时间不多了，克彦狠心甩开明美，走了出去。

“咔嚓”一声，明美从屋子里面锁上了门。克彦快步走下楼梯。他还戴着手套，并不用担心会在什么地方留下指纹。

克彦来到大门口，从里面将大门锁上。然后，他走到厨房，找了一只杯子，喝了很多水。最后，他将大门钥匙放入厨房的厨柜。

最近几天，天气很好，所以地面很是干燥，再加上地上铺着石板，所以不用担心会留下什么足迹。

克彦从水泥墙的后门离开时，刻意没有将门关严，而是留下了一个大约有两厘米宽的缝隙。

然后，克彦钻进了狭窄的胡同里。

当然，胡同的小路上也十分干燥。

三

皎洁的月亮挂在天空，月光之下，世界如同白昼一般。北村克彦小心地向四外张望着，生怕被人发现。拐过一个弯，北村克彦终于来到了大路上。幸运的是，一路上他没有遇到任何人，也没有发现谁从窗口偷看他。因为月光很好，他能看到路上很远的地方，是的，没错，这周围连一个人影都没有。他看了看表，已经八点二十分了，离八点半还有一点儿时间。

路边的污水河泛着微光，微风吹来，荡起一点涟漪。这样的夜晚，静得有些吓人，一点儿声响也没有。河对面长着很多不知名的小树，叶子在月光下闪着银光。道路这一侧的枣树篱笆上的叶子也闪着耀眼的光芒。

（夜色多么美丽啊！简直就像置身童话世界一样。）

克彦心中忽然升起一种异样的感觉。尽管他经常走这条路，已经很熟悉了，从未感觉有什么趣味，但此时感觉却与以往大不相同。克彦居然吹起口哨来。他这样做完全是发自内心的，而不是想伪装什么。克彦的口哨声在夜空中传得很远，好像能传到月亮上去，不过最后也消失在暗夜中了。

（不对，我还是再确认一遍吧。）

克彦迅速将自己的思绪拉了回来。他感到很不安，因为有些细节还没有最后确认，或许会有漏洞。是因为担忧？还是因为寒冷？克彦浑身在发抖。

（外面的人听到二楼窗口的喊叫后，会立马跑到大门外面，接着冲进房间里，这个过程所需要的时间是非常重要的。在这段时间里，那个设想出来的案犯要完成一系列的动作。如果给他的时间太短，他无法完成这些动作的话，那可就要露出马脚了。是的，太危险了。千万不能在这些细节上有半点儿疏忽。我还得考虑一下这个方案哪里会有问题。）

（在这个虚拟的案子中，股野在窗口呼救时，虚拟犯人会不会马上将他勒死呢？不会的。虚拟犯人会先让股野打开保险柜。只有这样，他才能烧掉那些欠条。不过，让股野打开保险柜并不难做到，只要用手卡住他的脖子，有时紧，有时松，同时威胁他就可以了。股野很怕死，一定会老老实实地打开保险柜。但是股野打开保险柜之后，他的死期也就到了。虚拟犯人把股野杀死之后，会从保险柜中取出欠条并统统扔进火炉里，而将现金装进自己的口袋。从逻辑上讲，案犯一定会这么做的。以上这一切，一两分钟可以完成。）

（明美听到股野的喊叫后，肯定会来到二楼。对了，在直面明美之前，案犯还得做另外一件事情，那就是找到衣柜，并从里面取出皮带和领带之类的东西。可以假设这个案犯事先已经知道衣柜的位置。那么，他要找皮带和领带之类的东西，直接去衣柜里找，是顺理成章的事了。不过，他能在黑暗中做这些事吗？应该可以的，月光会从卧室的窗户照进来，房间内的能见度还是可以的，还可以假设案犯手里有一只手电筒。案犯准备好皮带和领带之类的东西后，接下来只等明美进入房间。他也必须在一两分钟内完成这些事情。）

（接着，明美进入书房。案犯抓住明美之后，立刻堵住了她的嘴，以免她大喊大叫。然后，虚拟案犯用皮带将明美的手脚捆绑起来，并把她关进衣柜。这一系列动作必须在二三分钟内完成。）

（尽管时间很紧迫，但案犯完成这些事情也不是没有可能的。以上所有动作加起来需要四五分钟。必须想方设法为虚拟案犯争取到足够的时间。所以，必须得等到虚拟案犯从后门顺利逃走以后，才能破门而入。如何掐好这些时间点的确非常困难，但我能做到的。）

北村克彦的大脑快速运转着，在最短的时间内，将所有环节在大脑里细细排演了一遍。尽管天气寒冷，但是北村克彦在细细思考这些事情的同时，竟然紧张得出了一身汗。

过了一会儿，北村克彦等候已久的“咯噔咯噔”的脚步声终于从身后传来。通过脚步声判断，那人应该不是普通的行人。看来，今晚这出戏终于来到最精彩的部分了。

北村克彦回过头看了一眼，果然是一个巡警。巡警一般都是两人一组一起巡逻，但照现在的情况来看，这一带应该是单人巡逻。那就开始吧！北村克彦开始故作轻松地向前走去，走了二三十步的样子吧，他来到了股野家的大门附近。他从大门外向院内二楼书房的窗户望去，只见那扇上下推拉式窗户被人打开了，他清楚地听到了开窗的声音。房间里光线阴暗，几乎什么都看不见。紧接着，只看见有人用手拨开了窗帘，一张人脸露了出来。月光真好，北村克彦能清楚地看到那个人头戴一顶贝雷帽，脸上挂了一副粗粗的玳瑁框眼镜，甚至他的茶色短上衣都看得十分清楚。

当然，从那人身后伸过来的白色大手套更加耀眼。只见那只白色大手套捂住了那人的嘴。于是，那人开始痛苦地挣扎。

“救命啊！”沙哑的求救声不间断地从白色大手套的缝隙中传出来。

克彦假装吃惊地呆在原地，一动不动。然后，北村克彦听见身后传来了极速奔跑的脚步声。很显然，那个正在巡逻的警察也从低矮的院墙外面看到了刚才窗口发生的一切。

“救……”

又是一声喊叫。可是这次，求救声刚喊出声，就断了。接着，窗内的人影好像被后面那个戴白手套的人给拉进屋子里面去了。然后，一切归于平静，只剩下窗帘在月光的照耀下随风摇曳。

巡警突然看到站在大门附近的北村克彦，不禁用充满怀疑的口吻问道：“你是什么人？”

那是一个很帅气的警察，虽然还很年轻，但毕竟是职业警察，对周围的一切都十分敏锐。

“这是我的一个朋友的家。我现在正要去拜访他。我从事电影方面的工作，我叫北村克彦。”

“那么，你应该认识刚才在窗口呼救的那个人吧？”

“认识啊，那人好像就是我的朋友。他叫股野重郎，以前是一位男爵。”

（太好了，我已经为案犯争取了一分钟时间。现在，他应该已经把欠条扔进火炉了，正向衣柜那边走呢。）

克彦和英俊的巡警一前一后，向正门跑了过去。来到大门口，巡警按了按门铃，并没有人来开门。巡警又连续按了好几次门铃，还是没有任何动静。巡警为此感到非常疑惑。

“真奇怪，怎么没有人开门呢？难道他们家就没有别的人吗？”

“他们家只有三个人，分别是男主人以及他的妻子，外加一个女佣。怎么会只有男主人一个人在家呢？太奇怪了。平常，他的妻子和女佣都在家里，她们不怎么出门的。”

（太好了，又过了一分钟了。现在，虚拟犯人就是慢慢地走到后门，时间也足够了。）

“实在不行的话，我们绕到后门去吧，看看从那儿能不能进去。如果后门也打不开，我们可以从窗口爬进去。”克彦向巡警说道。

“那你知道怎么去后门吗？”

“我知道的。跟我走吧！不过，那边有一道水泥墙，我们首先要打开水泥墙上的木板门才能进去。”

他们绕到后面一看，水泥墙上的木板门也是关着的。巡警试着推了推那扇门，又想了一会儿，突然充满自信地说道：

“打开这扇木板门并不难，但如果房子的后门也锁着，那就更耽误时间了。与其这样费时费力，还不如回到正门，直接从正门破门而入。”

巡警说完，就向正门方向跑去。克彦紧紧跟在后面。

“你是想从正门破门而入吗？砸坏正门？”

“不，根本没有必要砸坏它。我有办法！”

到达正门后，巡警从上衣口袋里取出一根黑色的铁丝。只见他熟练地将那根铁丝的顶部稍稍弄弯曲一些后，直接插进正门的锁眼儿内，然后“咔嚓……咔嚓……”地捣鼓起来。在打开锁之前，他好几次将铁丝抽出来，仔细地调整铁丝顶部的弯曲度。

（这难道不是盗贼开锁的方法吗？警察也干这种勾当？不过，只要能拖住警察就行。刚才，我们走到木板门那里，又返回这儿，这位先生再这么鼓捣一会儿门锁，又是两分多钟时间。我们拖延的时间一共加起来应该有五六分钟了吧。况且，巡警先生打开这锁估计还得一两分钟。）

果然，大约一分钟之后吧，只听见“咔嚓”一声，门锁被打开了。因为事情紧急，两人立即冲了进去。

事后，那位年轻英俊的巡警针对自己的开锁行为，对克彦做了如下解释：

“我很喜欢看侦探小说，小说里那些警察在紧急情况下，必须在最短的时间内打开从里面反锁上的门的时候，他们通常都会选择用身体将门撞开。实际上，如今的警察已经不会采用这种粗鲁的方式了，而是换用其他更加巧妙的办法。用一根铁丝打开门锁是那些入室偷窃的小偷的惯用伎俩。但是，窃贼发明的办法，警察难道就不能使用吗？哈哈！这种开锁的方法可以节省很多时间。所以最近这些年，我们这些新任职的警察都学会使用铁丝开锁的技术了。我们没有必要再用身体把门撞开了，那个方法太笨拙，效率太低了。”

北村克彦跟着巡警来到了门厅。里面黑漆漆的，没有一点儿动静。

“喂，里面有人吗？”巡警大声问道。

“股野先生，夫人，大姐，你们在家吗？”克彦也喊道。

两人又接连喊了几声，但没有任何回应。

“会不会没人呢？”克彦小声嘀咕着。

“没关系，我们上二楼去看看吧！时间紧迫，不能再磨蹭了。”

（好了，又过去一分多钟了。时间足够了，我不怕了。）

两人边说边上了楼梯，很快来到了二楼书房的门口。

“刚才我们在外面看到的那一幕就发生在这个屋子里。这是男主人股野的书房。”

克彦一边说话，一边用手去开门，但门打不开。

“打不开，门是锁着的。”克彦说道。

“还有没有其他的入口？”巡警问他。

“有，从隔壁的卧室，也能进到书房，就是那里，那个门。”克彦用手指了指。

巡警走到卧室的门口，同样试着转动门把手，还是不行，原来这扇门也是锁着的。

“喂，股野先生，你在屋里吗？股野，股野……”巡警喊了几声。

屋内没有人回答。

“没办法，打不开门，又得自己开锁了。”克彦说。

“那我再试试吧！”巡警无奈地说着。他还是决定直接打开书房的门。

巡警一边说着，一边再次取出刚才用过的那根铁丝，将上端弄弯一些，插进锁眼儿里，开始鼓捣起来。这一次比上一次顺利，他很快就打开了锁，并推开了门。

巡警随即进入了房间，克彦也跟了进去，但里面漆黑一片，伸手不见五指。克彦沿着墙壁摸索了半天，终于找到了电灯开关。

尽管有一定的思想准备，但屋内的情景还是让巡警吃了一惊：地上躺着一个留着长发、身穿一件茶色短上衣的男人。

“啊，这是股野先生，这家的男主人。”克彦一边喊叫，一边跑到股野身旁。

“不要碰他！要保护现场。”巡警很专业地提醒克彦。然后，巡警屏住呼吸，盯着股野的脸看了一会儿：“看样子已经死了。他脖子上受了很重的伤，应该是被掐死的……他家里应该有电话吧？电话在哪儿？”

克彦指了指办公桌上的电话，巡警跑过去，拿起话筒，打了一个报警电话。

随后，他们两人把二楼和一楼所有的房间都查看了一遍，并没有发现股野夫人和女佣。

“案犯可能是趁我们开门的时候，从后门逃走的。现在，我们即使马上去追，恐怕也来不及了。目前最重要的工作，是要保护好现场。”巡警分析道。

然后，他们回到了二楼。巡警拿出铁丝打开了卧室和走廊相通的门后，他们进到了卧室里面。巡警蹲下身体，看了看床下面，没有发现什么异常情况。

紧接着，巡警准备打开卧室和书房之间的那扇门。克彦则装作若无其事地走到衣柜前面，伸手掏出口袋里的钥匙，趁巡警不注意的时候，迅速将衣柜的门锁上，然后小心地把钥匙扔进衣柜和墙之间的缝隙里。巡警正集中精力开锁呢，所以完全没有注意到克彦在干什么。

警察费了好大的力气，终于将卧室和书房之间的门打开。巡警松了一口气，正准备走进尸体所在的书房时，忽然听见不知从什么地方传来了一种“咔嗒咔嗒”的声音。

“哎呀，好像有一个奇怪的声音，你听到了没有？”警察边说边看了一眼克彦。克彦正盯着衣柜，他好像也听到了。

是的，是衣柜那里，那种“咔嗒咔嗒”的响声是从衣柜里传出来的。而且，衣柜好像还在轻轻摇晃呢。年轻巡警立刻警觉起来，表情一下子变得异常紧张。

巡警快步走到衣柜前面，伸出手想打开衣柜的门，但却打不开，显然是上了锁了。

“谁？谁在里面？”巡警用右手拔出腰间的手枪，厉声问道。

没有人作答，但“咔嗒咔嗒”的响声更大了，衣柜也更加剧烈地晃动起来。

这一次，巡警没有用铁丝开门，而是用左手拉着衣柜的门把手使劲儿向外拉。衣柜的门是那种向两边打开的，即使是上了锁，只要用力拉，也很容易被拉开。只听见“咣当”一声，衣柜的门一下子被拉开了。紧接着，一个很大的物体从里面滚了出来。

“啊，明美！”

克彦好像真的吓了一大跳，大声喊叫道。

“这是谁啊？”

“她就是股野夫人。”

警察这才松了一口气，赶紧把手枪插回手枪套，蹲下来，帮明美解开绑在嘴角的领带，而后又从她嘴里取出塞在里面的领带。

克彦偷偷地查看了一下明美绑在身后的双手。那皮带几乎都要勒进肉里了，完全看不出任何破绽，不会有人怀疑是她自己捆绑的。她干得可真不错啊！这样就不会有问题了。克彦故意去解绑在明美脚脖子上的带子，而把解开明美手腕上的皮带的机会留给了那位年轻的巡警。

终于，明美身上的带子全部被解开了。克彦和警察一个在左，一个在右，小心地搀扶着明美，来到卧室的床前，让她在床上躺下。

“我要喝水！”

明美有气无力、语调哀怨地要水喝。克彦赶紧跑到厨房，端来一杯水给明美喝。看样子，明美真的是口干舌燥，一接过杯子，就大口大口地喝了起来，转眼间就将一大杯水全部喝光了。

过了一会儿，明美稍稍平静了一些。年轻警察让她介绍一下事情的原委，并拿出一个笔记本，将她的陈述从头至尾记录了下来。明美的表演真可以说是非常完美，无可挑剔。克彦在心中暗自赞叹。

明美的陈述大体是这样的，今天傍晚，女佣回自己家了，她和丈夫两个人吃完晚饭，时间已经不早了。她一个人在厨房收拾碗筷时，好像听到丈夫书房里有些动静，甚至听到了丈夫的呼救声。她想看一看书房里究竟发生了什么，于是就上了二楼。她打开书房的门，向里面张望，可房间里一片漆黑。她感觉有些不对劲儿，想要打开电灯，看个究竟。没想到，她刚伸出手，就突然被什么人从后面抱住了。接着，她嘴里被塞进了一团软绵绵的东西，好像是丝绸。

紧接着，她被那人狠狠地推了一把，她倒在了地上。随即，她的两手被捆绑到了身后，两腿也被绑住了。借着窗户边的月光，她看了那人一眼，但是模模糊糊的，看不太清楚。她只看见那人好像穿了一件黑色的西服，至于其他情况，比如个子高矮、身体胖瘦，完全没有看出来。那人的脸长什么样子，也根本看不清楚，因为他戴着一顶黑色鸭舌帽，脸上还蒙着黑布。他自始至终一句话都没有说，所以他的声音是什么样的，也完全不清楚。

明美说，借着月光，她还看到丈夫股野趴在地上，一动不动的，不知是死了还是昏迷过去了。但可以肯定的是，她的丈夫肯定是被那个蒙面人给打倒的。另外，她隐约看见墙角处的保险柜的门是开着的，所以她觉得那人绝对不是一般的强盗，可能和债务有关。

明美说，蒙面人将她捆绑好之后，将她抱起来，快步走到卧室，把她塞进了衣柜中，又从外面把衣柜的门锁上。然后，那人好像马上就离开了。

案犯行动非常敏捷，明美感觉从自己被塞住嘴到被关进衣柜中，时间很短，大概不超过三分钟。

明美在陈述整个事件的过程中，偶尔从床上坐起来，偶尔又躺下，有时候会停顿一会儿，好像在回想一些细节。不过，她的讲述，大体上就是以上这些内容。

明美讲话的时候，演得特别逼真，好像已经完全进入了角色，她甚至毫不掩饰地流露出自己并不爱丈夫股野的事实。

对于明美的表现，北村克彦简直佩服至极。

看着眼前这位美丽的夫人，年轻的警察非常心疼。年轻的警察也许在想，当她看到自己的丈夫惨死的模样，该会多么伤心啊！明美被警察扶着来到丈夫股野重郎的尸体旁边时，她虽然感到很难过，多少掉了一些眼泪，但她没有失态，并没有抱着尸体放声大哭。

大约九点半的时候，股野家忽然热闹起来了。听说这里发生了命案，负责该地区的警察和警视厅的人，陆陆续续地都赶来了。

侦缉一科科长及警长等人仔细向明美了解情况，于是明美不得不将刚才面对年轻巡警时讲的那番话，又讲了一遍。一次又一次地重复某些细节时，明美都会有意无意地略微添加一些无关紧要的细节，以使整个过程显得更加合情合理。一旁的克彦不禁从心里对明美的表演竖起了大拇指。

克彦也受到了盘问，被问了很多问题。除了今晚的事情，他都如实做了回答。在他看来，即使别人发现他爱着明美也没有关系。因为有一个事实是不容置疑的，那就是他是整起事件的目击者，他有不在现场的证据。这一点使他信心十足，勇气倍增。因此，他回答问题时显得非常自然。

很快，调查人员报告说，股野是被人用手臂勒死的。他们试图在很多地方采集指纹，如门把手、室内其他光滑的表面等，但很可能无法找到案犯的指纹，因为这些地方都被人仔细地擦拭过。另外，他们还报告说，在正门和后门附近都没有发现可疑的脚印。

现场的调查人员在火炉里发现了焚烧纸张的痕迹。根据明美的陈述，警方判断那应该是焚烧欠条后留下的灰烬。警察还查明，保险柜中丢失了不少现金，有十几万日元。在对房间进行认真搜查的过程中，警方从股野的办公桌的抽屉里，找到了用来登记借款情况的一个登记簿，并作为重要证据对其予以扣留。

不难看出，侦查工作首先围绕股野的债务情况开始入手调查了，尽管警方并没有申明这一点。可想而知，借款情况登记簿上的那些人都是怀疑对象，很快就会一个接一个地接受调查。警方一定很希望从这些人之中找到案件的突破口。

股野的父母都已不在人世，又没有兄弟姐妹，所以说他是一个孤独的守财奴。所以，此情此景，竟没有一个可以来帮忙的亲戚。另外，股野也没有什么推心置腹的朋友，所以也没有什么朋友前来打探情况。鬼使神差地，北村克彦倒是勉强成了股野关系最密切的人。

明美的父母住在新潟，距离比较远，但她的姐姐住在东京，姐夫是东京三共制药公司的职员。警方打电话叫来了明美的姐姐和姐夫。当他们忙着处理这些事情的时候，夜已经深了，克彦当晚哪里也没有去，就在股野家住了一宿。

第二天一早，日东电影公司的社长带了不少人前来帮忙，其中要么是股野的同事，要么是一些关系不甚紧要的朋友。作为最熟悉股野家情况的人，克彦带着大家好好忙碌了一番。就这样，在大家的共同努力下，在股野死后的第三天，葬礼如期举行。看上去，一切都进行得非常顺利。

葬礼之后，克彦和明美都感觉轻松了许多，他们似乎已经度过了最煎熬的时期。在局外人看来，死者的家人一直在忙着处理丧事，短时间内也就忘记了悲痛，好像也忘记了对罪犯的恐惧感。这主要是因为，克彦和明美两人对自己的演技有着绝对的把握。同时，敢于犯下这种罪行的人，一般都对犯罪具有一种天生的迟钝性。就这样，克彦和明美心安理得地度过了几天，到后来竟然连一点儿害怕的感觉都没有了。

四

接下来的好些天，有警察经常造访明美家和克彦的公寓，以了解相关情况。明美和克彦不得不一次又一次地硬着头皮接受警方令人厌烦的盘问，但这种日子很快就结束了。后来，他们就好像被警察遗忘了似的，没有警察再登门了。

就这样，一个月的时间很快就过去了。

大约十天前，克彦搬出自己的公寓，搬进了明美家，与明美同居了。对于一对相爱的人来说，这样做是很自然的。即使是那些熟人，也没有觉得奇怪。克彦心想，这反倒更可以证明自己的无罪，正常来讲，真正的杀人犯，肯定不会明目张胆做这样的事情。

一切安顿下来之后，克彦仔细分析了自己杀人的动机。克彦心想，自己的杀人行为，完全是一种正当防卫，自己差点儿被股野杀死，所以才一气之下杀死了对方。他的所作所为绝对不同于有预谋的犯罪。正因如此，他俩精神上所遭受的痛苦也就小得多。也许是出于这样的想法，他们俩并没有感觉有多痛苦，也不曾在夜里做可怕的噩梦。克彦心想，相反，如果他们正当防卫的行为被外人所知，他们在精神上可能更加轻松；但是，那样一来，他和明美的幸福可就不能像现在这样完美了，至少不会有现在这样的理想状态。正因为不愿意落到那样的地步，克彦才费尽心思，设计和实施了一个完美的计划——一个可以充分证明自己不在现场的完美的杀人计划。

总而言之，这些天明美和克彦过得非常幸福。是的，他们建立了一个新的家庭，不过他们的女佣还是以前的那个女佣。股野的所有财产都由明美继承了下来，几乎不费吹灰之力就做到了，没有遇到任何障碍。不过，他俩可不像股野那样爱财如命，而是尽可能过着舒适的生活。

（其实，这世界上的大多数人都很愚蠢。我的智慧已经胜过了警察，其他人更是不足多虑。警察以外，也将没有一个人会怀疑到我。也就是说，我的智慧胜过了整个社会。也许，这就是完美的犯罪吧。杀人者本人从远处观望杀人的场面，多么绝妙的设计啊。我真是智慧超群啊。这样的情节就是现下最伟大的侦探小说家，估计也想不出来吧！当然，也不是没有这样的人。有一本小说，叫作《皇帝的鼻烟壶》，我曾经读过的，里面的诡计与此类似。但那部小说至多只是嘴上说说，过过嘴瘾而已。听故事的人因为生病，整天躺在床上。讲故事的人就好像亲眼见过似的，把一些根本不可能发生的事讲给他听。实际上，那些情节完全是杜撰出来的，根本不可能有那么巧的事。如果听故事的人无法抑制自己的好奇心，追问道："你说的是哪个人？他在哪儿？"甚至要从病床上爬起来，去实地查看，那肯定得露馅儿。说到我的谋划，最遗憾的莫过于不能将其公之于众；另外，估计也不可能有作家在自己的作品中构思出这样的情节。唉，这世界总是不那么完美！看来，这话说得没错啊！）

当人们过得一帆风顺的时候，思想上难免就会放松，骄傲自大的情绪也将日渐显露。北村克彦陷入了这样的恶循环，前些日子那种时时刻刻害怕被人发现的恐惧心理，随着时间的慢慢流逝此时此刻在他心中已经找不到多少痕迹了。他甚至认为，这件事就这样过去了，不会再有人来找他的麻烦了。

不过，好景不长，就在案件发生后一个多月的某一天，东京警视厅负责这起杀人案的花田警司突然登门拜访。

起初，花田只是一名普通警察，后来由于工作努力，人又聪明，便一步一步地成长起来。目前，他在侦缉第一科有着举足轻重的地位。他的办案能力在整个部门内公认是最强的，他办过的案件，数量在部门内位列第一位。

看来，北村克彦即将迎来一个强劲的对手。

北村克彦将花田警司请到二楼书房。花田警司身穿一套笔挺的西装，看上去很是干练。花田警司就座后，北村克彦给花田警司倒了一杯黑标威士忌。这酒自然不是出事那天晚上的威士忌。不过，不知为什么，自从那天以后，克彦就喜欢上了这种黑标威士忌。

见有警察来访，明美似乎有点儿担心，也到书房来了。不过，她这么做也是很自然的，股野毕竟是她的丈夫。

“你们还住在这间屋子里啊，难道不觉得可怕吗？”花田警司一边打量着整个房间，一边面带微笑地问道。

“没有什么好害怕的。我人品又不像股野那么差，即使一直住在这间屋子里，也不会像他那样倒霉吧。不做亏心事，不怕鬼叫门。”克彦回答时显得非常自信。

“夫人好像也过得不错。与北村生活在一起，比以前更幸福了吧？”花田似乎话里有话。

“您说得不错。这样做虽然有点儿对不住死去的丈夫，但是说实在的，原来我和他生活在一起时，有着说不尽的痛苦，外人根本无法想象。您对他多少也了解一些，他就是那种刻薄寡恩的人。”

“哈哈，夫人您可真是实话实说啊！”花田警司爽朗地笑了起来。

随即，花田警司又问道：“您两位打算什么时候结婚呢？我听人说你们有这个计划。”

克彦隐隐地觉得，眼下的谈话好像有点儿反常，就设法把话题岔开了：“结婚的事还是先放一放吧，暂时不考虑了。现在，我很想知道，这个案子调查得怎么样了？案犯还没有找到吗？已经过去一个多月了啊。”

“提起这件事，就轮到我为难了。说出来你们别不高兴，这个案子进展十分缓慢，我们现在好像走进了一个迷宫。尽管我们已经想尽各种办法来寻找嫌疑人，可始终没有什么成效。案犯好像没有留下任何蛛丝马迹。”

“那么，你的意思是……”

“实际上，我们已经走访和调查了股野那本登记簿上记录的所有债务人。但是，没有一个人值得怀疑。大部分人都能证明案发时自己并不在现场。至于那些不能证明自己不在现场的人，经过多方调查，我们发现他们也确实没有犯罪嫌疑，全都是清白的。”

“不过，股野是一个冷酷自私的人。除了债务人以外，他应该还有不少仇人吧？”

“这种可能性我们也想到了，而且也尽可能调查过了。股野的一切社会关系，从你和夫人那里听说的，甚至从其他电影圈里的人那里听说的，我们全都调查过了。很遗憾，我们没有发现嫌疑人。这样的案子实在太少见了，因为一切非常清楚。我们感觉很不正常，案情越是清楚，结果越是明了，越是让人觉得不可思议。”

克彦和明美心里都隐隐感到一丝不安，但谁也没有说话。

（警视厅的人确实很厉害啊，竟然调查得如此彻底。这样看来，我们这边还真不能掉以轻心啊。我当时是不是做得有点过头了？不烧掉那些欠条的话，是不是更好一些呢？正常理解，欠条被烧掉的人都值得怀疑，但如果经过调查，发现其中并没有案犯，警察必然会考虑这其中的原因。这样一来，警察只能设法推翻那些确实可见的、不在现场的证明，除此之外再没有别的办法了。因此，我不在现场的证明也有可能被重新考虑的。真是百密一疏！这真是太可怕了。但是……不可能……这是不可能的！我不必害怕什么。不管怎么说，我不在现场的证明是确凿无疑的。那位巡警完全可以证明这一点，我当时距离杀人现场有十多米远呢。）

“我今天登门造访，主要是想让二位再好好回忆一下，除去以前你们向警方说起过的那些人，股野先生还有没有其他和他有过节的人。也许上次介绍案情时，事情紧急，你们一时疏忽或是忘记了。尤其是夫人，请您认真回忆一下。”

“这样的线索我可再也没有了。我和股野结婚时间不长，只有三年时间。他结婚之前的事，他很少向我说起，我知道的很有限。”

明美说话时的样子非常认真。看来，她的确想不出任何与股野有关联的人了。

“股野是那种喜欢独处的人，有些事情，对谁都要保密，这就是他的性格。他平常对谁都不说真话的。我猜不透他。几乎没有人能走到他心里去。而且，他平时也不记日记，遗书这种东西更是没有。”克彦应和着明美说道。

“是啊，正是这一点让我们感到十分为难。这几天来，我一直很发愁。如果他连一个可以推心置腹的朋友也没有，就很难找到有价值的线索了。没有线索，我们的侦查工作就无从下手了。”

接下来，花田警司又和他们两人闲聊了一会儿，不过并没有再谈与案子有关的事。

花田警司说话非常幽默，以至于克彦和明美两人都听得入了迷，竟然将案子的事情完全抛在脑后了。

闲谈之间，花田警司和克彦你一杯我一杯，不停地喝，喝了不少酒，渐渐地都有些醉意了。到最后，花田和克彦竟聊起关于色情的话题。明美是电影圈里的人，对稍有点儿荤的话题早已经司空见惯了，并不是很介意。因此，他们三人聊得非常开心。

他们一聊竟聊了三个多钟头，直到大家都感到有些疲倦了，才就此打住。

之后，花田警司起身告辞，离开了他们家。

不过，从那天起，花田警司经常来访，竟成了明美家的常客。

“我才是这个案子真正的凶手，除了明美，谁也不知道。现在，我居然能和警视厅大名鼎鼎的侦探成为好朋友，亲密交往。这真是太有传奇色彩了。”想到这里，克彦不禁感到越来越得意，因为这正符合他争强好胜、自视甚高的性格。

随着花田警司来访的次数日益增多，克彦和他之间的关系也越来越密切了，俨然成了要好的朋友。

有时，花田来到他们家，想和他们玩麻将的话，人手不够啊，就干脆把女佣阿清叫上，四个人一起玩儿。有时，他们也玩扑克，玩得很开心。花田警司对这些样样精通。

不知不觉，已经过了三月中旬，天气越来越暖和了。如果赶上星期天，天气又好，克彦和明美还会邀请花田一起外出游玩儿。到了晚上，他们三人还会一起去新桥附近的小酒馆，点几样小菜，喝一点酒，随意地聊天。大家都感到十分轻松愉悦。

明美从前是演员，既演过歌剧，也演过电影。在各种社交场合，她都如鱼得水。她每次外出都打扮得非常漂亮，加上天生的表演才能，总是能成为众人关注的焦点。每次大家都喝得醉醺醺的时候，花田警司都会和明美开玩笑，想方设法让她开心。每当这时，克彦就觉得，花田警司这样频繁造访，一定是被明美的美貌迷住了。

花田经常穿一身笔挺的西装，警察特有的自信和刚毅十分明显，这都是他长期从警磨炼出来的。他的一张方脸棱角分明，每每喝过酒之后，涨得通红的脸别具魅力。既然已经成了好朋友，花田酒后跟明美开个玩笑，克彦也就不怎么介意。克彦甚至有一种奇怪的想法：如果东京警视厅的大侦探爱上了杀人犯的老婆，那可真是太刺激，太有戏剧性了。

克彦和花田都对侦探小说很感兴趣，他们经常聊起这方面的话题，而且总是滔滔不绝，意犹未尽。

“北村，你真不愧制片厂的著名编剧，写了好几部侦探题材的电影剧本，我也看过根据你的剧本改编的电影。出于职业需要，我也非常喜欢看侦探小说。”这一次，花田警司这样对克彦说道。显然，花田读过不少侦探方面的书。

“有一类侦探影片，总是让案犯隐藏起来。由于情节总是落于俗套，现在已经不太受欢迎了。我写的剧本中，有很大一部分就是这种，所以不少都失败了。观众还是更喜欢看一些剧情惊险的电影。实际上，我有时候想，不妨采用那种倒叙式的展开方式，比如从一开始就让观众知道案犯是谁。其实，这也不当紧的，只要情节带有悬念，让人感到非常惊险，人们就会喜欢。”

“说得太对了，英雄所见略同。我倒是觉得，股野这个案子也可以拍成一部很好的电影。”

“嗯，也许是吧。”克彦想了想，含糊其词地回答道。这时，克彦不安地感到，在他心里，他好像已经将他和明美那天演的那出戏，和虚拟案犯的行动，混在了一起，甚至难以区分。这样可不行，一定要将二者清楚地区分开来，且言多语失！以后说话要注意啊，尤其是和花田说话的时候，一定要注意啊！克彦在心里这样告诫自己。

“在那样一个满月的夜晚，被害人股野在窗前大声呼救，这个场景多么像一幅画啊。还有，这位也该出场了，”克彦一边说着，一边回过头来，看向身旁的明美，“她被人从衣柜里救出来的样子也很吸引人。还有，就是保险柜前，股野与案犯殊死搏斗的场景，都是很好的素材。但是也就这些了，再也找不到其他材料了。如果案犯与欠条无关，那就连他作案的动机都搞不清楚了。只有这些材料，根本无法把它写成一部电影。真是巧妇难为无米之炊啊。”

“你真有眼力啊！果然是著名编剧！窗前的那场戏的确很好。当时，你亲眼看到了这一幕，印象一定十分深刻，写起来肯定得心应手，很多细节都会非常生动。对了，电影的名字可以叫作《月夜凶杀案》。”

克彦听到这里，惊出了一身冷汗。

（这太危险了！如果我对于窗户旁边发生的事讲得太多，会被他发现一些破绽的。我最好还是尽量回避这方面的话题。）

“花田，我觉得你很有诗人气质嘛。作为一个职业刑警，你经常有机会接触各类犯罪案件，有机会目睹各种血腥的犯罪场面。但有时你应该也会发现一些富有诗意的东西吧？甚至会体验到一些能触及情感的东西吧？”克彦故作镇静。

“至于情感嘛，每个人都会有的，警察也是凡人啊。我在调查案子时，常常会同情那些案犯。作为一个警察，这种性格是最要不得的，因为太耽误事儿了。这个坏毛病我一定要改掉。”

说到这里，两人不约而同地大笑起来。

一转眼，案件发生已经两个多月了。

这一天，花田又来明美家做客了。这一次，花田警司说了一些话，着实把克彦吓了一大跳。

“你一定知道明智小五郎吧？他是一位有名的私家侦探，早在六七年前，我就和他认识了。每当遇到疑难案情，我都会向他请教。他不愧是这方面的高人，我每次都能从他那儿得到一些启发，并以此成功侦破案件。他对我的帮助真是太大了。以前还有人嘲笑我，说什么东京警视厅大名鼎鼎的警察要去向一位民间侦探求教，太丢脸了。可现在情况不一样了，因为我的顶头上司、侦缉第一科科长安井就是明智先生的好朋友，他对明智先生佩服得五体投地，也经常向他请教呢，所以现在没有人说三道四了。”

花田的这番话，吓得克彦腋下直冒冷汗。克彦甚至担心，自己的表情是不是也大有变化呢？如果让眼前这个对手看出来，情况就不妙了。

（坚强点！一定要挺住。要是因为花田的这几句话就沉不住气，过去所做的一切努力不就白费了吗！一定要平静一点，再平静一点！不管是明智小五郎还是别人的什么人，谁也不会轻易看破我的计谋。因为那个计谋设计得非常周密，没有留下一点儿能够成为直接或间接证据的线索。我从前非常崇拜明智小五郎这个人，可做梦也没有想到这次会和他成为对手。这么重要的一个人，我怎么能忘了呢？很久以前，我一遍又一遍地研究杀死股野的方案时，我竟然一次都没有想起明智小五郎这个人！如此看来，真如明智所说，每个人都会有一些“盲点”，我之所以没想起他来，大概就是因为陷入了这种“盲点”吧。）

而“盲点”正是明智所喜欢的，克彦越想越怕，出了一身冷汗。

花田继续说道：“对于这个案子，我很想听听明智先生的高见，就登门拜访了他。他说这个案子很有趣。于是，我想带他来这里看一次现场，但他觉得没有必要，听我讲讲就足够了，他说他已经了解很多情况了。的确，我去拜访过他好多次。我向他介绍了调查这个案子的整个过程，我和你们两位的谈话的所有内容，我也告诉他了。另外，这栋房子的格局，比如保险柜、火炉和衣柜的位置，房间里的房门的情况，房子前的道路，正门的情况，后门的情况……我都详细地讲给他听了。”

花田一边说着，一边看着克彦。克彦也直勾勾地看着花田，好像要从他脸上看出些什么暗示似的。但是花田的表情有些暧昧，他嘴角挂着一丝笑容，那笑容里分明藏着不屑。克彦不由得紧张起来。

（我明白了，以前他与我们一起玩麻将，玩扑克，还邀请我们一起喝酒，原来全都是明智小五郎出的主意啊！原来这是他在等我们犯错呢。事情变得越来越糟糕了！我必须尽快给明美讲清楚，让她有所防备。不过，这不会是我想多了吧？做贼心虚的道理，我可要记住啊！聪明反被聪明误，我可不能输给自己。犯罪者本身所怀有的恐惧心理是最容易误事的。很多罪犯最后都是输给了自己，输在了自己的心理上，以致最后暴露了自己。我可不能上当。只要沉得住气，我就是安全的。何况，杀死股野这样的人，我一点儿都不感到后悔。股野这样的人，罪有应得。股野一死，有很多人都为此兴奋不已吧！所以，与其他案犯不同，我一点儿也感觉不到良心上受到了谴责。既然是这样，有什么可害怕的？一定要平静！只要能平静地应对眼前的局面，我们就不会有任何危险。）

不过，克彦毕竟是一个普通人，也会有喜怒哀乐。想要平静应对这一切，对他来说也是相当困难的，难度不亚于和天神做斗争。

“对于这个案子，明智先生有什么高见？”克彦假装若无其事地面带微笑地问道。他要尽量表现得自然一些。

“明智先生认为，这个案子看起来确实没有任何线索，也没有办法搜集到充足的物证，如果按照常规的方法去侦破此案，路会越走越窄。所以，他提出了自己的意见——就是从心理方面入手进行调查。”

“那么，有没有确定调查的目标呢？”

“有很多目标啊。以前认为是清白的人，现在都不能排除在外了，全都是调查对象。所以，我一个人完全忙不过来。现在，另外两个科的人也都加入进来，和我一起侦破这个案子。不过，大家还不习惯从心理的角度来调查案件。这可是一项十分困难的工作啊。”

“是啊，角度是好，但是难度也不小。听说最近出了不少大案子，你们一定很忙吧？”克彦表现得异常冷静。

“最近确实很忙，我们根本忙不过来。不过，这起案子看上去好像很难侦破，但我们是绝对不会放弃的。虽然不能动员全体警力，但我们中的一部分警官会不分白天黑夜地工作，一定要将案子调查到底。我们不会放弃的。”

听到这里，克彦的心几乎都提到嗓子眼儿了。

（如果真是那样的话，那可真就麻烦了。我不能再小看日本警视厅了。不过，对花田的这些话，我也不能太当真了，也许是他故意夸大其词引我入局也说不定呢！再说了，警察也不可能成功侦破所有的案件啊。报纸上的报道中，不就有许多陷入迷局的案子，至今都无法侦破嘛！以致成了陈年旧案。对，我绝不能被花田的话吓倒。）

"真是很麻烦的事啊。不过，办案的过程一定也很有趣吧。侦查案件的过程也就是寻找罪犯的过程，就好像是猎人追踪受了伤的野兽一样，一定很刺激。我记得有一位检察官说过，他天生就是一个虐待狂，所以才成了最称职的检察官。那么，由此可以推断，刑事警察也都是最出色的'虐待狂'吧！哈哈哈哈！"

克彦脑海里忽然萌生出一个想法，何不壮起胆子，捉弄一下花田警司呢？

"哈哈，你可真是一个搞文学创作的，分析问题很深刻啊。这方面，我可比不了你。不过，话说回来，也许事情正如你所说呢！"花田说道。

说完，两人一齐笑了起来。

到了晚上睡觉时，克彦告诉明美，明智小五郎已经参与侦破这个案子了。克彦刚说完，明美的脸立刻变得惨白。明美一下子倒在克彦怀里，浑身瑟瑟发抖。每每这种时候，只有他们两人在一起，可以不用掩饰什么，所有紧张、害怕的心情都会相互表露出来。

"明美，现在已经到最关键的时候了。我们必须冷静，装出一副若无其事的样子。只要我们表现得很平静，他们就不会看出什么破绽。人们往往都是输在自己手里的啊。我们可不能那样。那才是最危险的。他们根本找不到任何证据，只不过是在虚张声势吓唬人。只要我俩不被他们吓倒，我们就一定会没事的。我们现在的幸福注定能持续下去。你明白了吗？”

克彦不断重复着这些话，甚至有点儿口干舌燥。终于，明美稍稍安静了一些，不再那么担心、害怕了。

就这样，克彦和明美两人叽叽咕咕说了很多话，一直到凌晨三点才睡。有好几次，明美都低声哭了起来。克彦觉得心里很难受，他不愿意让自己心爱的女人遭受这样的煎熬。

五

接下来的几天里，什么事情也没有发生，平静得让人心里发慌。

这一天晚上，花田警司又来明美家串门了。不过，就在这天晚上，发生了一件十分可怕的事情，克彦和明美心理上受到了巨大的震动。从那以后的十多天里，他们每天都在和恐怖做斗争。这里所说的恐怖，是他们心中的恐怖；而斗争，是他们在内心深处与自己所做的斗争。

事情是这样的，那天夜里，他们三人加上女佣阿清——四个人一起玩麻将。克彦和明美心事重重，一直不在状态。一连玩了几局，总是花田一个人在赢。渐渐地，大家便失去了兴致。

九点左右的时候，他们就不玩麻将了，同往常一样，喝起了黑标威士忌。几杯酒下肚，大家都稍有醉意的时候，花田邀请明美跳交谊舞，明美痛快地答应了。明美喝了不少酒，有些忘乎所以，居然叽叽嘎嘎地笑着和花田玩起了追逐游戏。花田被明美追着一路跑，结果跑下了楼梯，最后跑进了一楼的厨房。

“你看呀，太太，花田先生欺服人。”女佣阿清好像被花田抱了一下，大声叫嚷着。

这时，明美刚跑到楼梯中段，已经不可能追上花田了，于是扫兴地返回书房。

克彦也喝了不少酒，脸上红通通的，正筋疲力尽地坐在沙发上。

明美无精打采地走过来，在克彦旁边颓然坐了下来。

虽然有点儿醉意，但克彦的头脑还是相当清醒的，隐隐约约之间，他感觉有一丝不安的情绪正向他袭来。是的，走廊那个阴暗的角落里，好像有个幽灵一样的怪物站在那儿。难道是股野的幽灵吗？真可怕呀！这种奇怪的幻觉，克彦还是第一次感觉到。

这时，已经喝得醉醺醺的花田，迈着沉重的脚步走在楼梯上。在克彦听来，花田的脚步声就像打雷一样，每一声都重重地打在他的心上。

转眼之间，花田已经出现在他们面前。阿清倒是显得无忧无虑，叽叽嘎嘎地笑着，从花田后面追了进来。

“夫人，请往这里看。现在，我要给你们变一个魔术。刚才，我从楼下的厨房里找来了这个硬纸板做的点心盒盖子和剪刀，这些就是我的道具。”

花田一边说着，一边拿着道具走到麻将桌旁边站定。然后，他右手拿着剪刀，左手将硬纸板举了起来，摆出一副魔术师的架势。

“谁能告诉我，我用这块硬纸板可以变出个什么东西来？好吧，请大家注意看……”

说话间，只见花田举起右手里的剪刀，开始剪左手里的硬纸板。花田一边做着这些动作，一边还在嘴里模仿三弦琴的声音，为自己打着节拍。不一会儿，他已经干净利落地从硬纸板上剪出了一只手的形状，那五根手指惟妙惟肖，和一只真手一模一样。

克彦忽然感觉自己的心仿佛被那只大手抓住了一样，浑身毛骨悚然，顿时醉意全无，而且明显感到头部一跳一跳地痛起来。

明美的表情则完全暴露了她的内心。她好像看到真正的幽灵一般，眼睛瞪得很大，张着可爱的嘴巴，像一尊泥塑一般僵在沙发里。

“好吧，先把它剪成这个稀奇古怪的形状。下面，我将拿出一只手套，请看这里……”

花田一边说着，一边从上衣口袋里取出一只手套来，好像是交通警察指挥交通时戴的那种白色手套。然后，他将手套上的五指逐一套在硬纸板做成的五根假手指上。

这样一来，硬纸板做成的假手一下子变成了一只戴着手套的大手，十分逼真。

灰暗的光线中，花田手握硬纸板的下端，不断地在自己面前摇晃那只硬纸板做成的大手。那样子看上去，就像是有另外一个人将手从他背后伸到他前面来一样。

明美只觉得花田手里的假手的样子和案件发生当晚她用来表演那一出戏时所用的假手完全相同。明美实在看下去了，她精神都要崩溃了，差点儿喊出声来。她虽然没有顿时昏迷过去，但很显然，她已经支撑不住了，随时有可能倒下。

此时此刻，望着眼前的一切，克彦也坐不住了，只能无奈地闭上自己的眼睛。

（我怎么后悔都来不及了！我不应该如此粗心大意地让这个男人在自己家里自由出入，这才是失败的根本原因啊。这件事做得太愚蠢了。我原以为这样做会帮助我洗脱嫌疑，所以满不在乎，看来还是不能这样做啊，这也太冒险了。花田这家伙也太厉害了……不……这绝对不是警视厅侦缉科的人能想到的把戏。是的，一定是明智小五郎这个家伙在背后给他们出谋划策。连空气中都弥漫着明智的气味。他可真是一个可怕的人啊！他竟然把我的计谋看透了。不……这也许只是他们的想象，完全有这种可能。他们这是在试探我们呢。不论形势如何，都要经受住考验，这将决定我们未来的命运。凭我的智慧，难道会输给你们吗？我的对手不是花田，而是藏在他背后的那个明智。是的，我怕什么呢？来吧，咱们就比试一下吧，看谁能笑到最后。我可不是那种懦夫，我不会被一些毫无证据的恐吓所征服……不过，最让人担心的是明美……明美毕竟是个女人，女人是最容易坏事的。）

想到这里，克彦看了一眼明美，并使劲儿地握了一下她的手腕，好像要以此为她打气似的。

此时的明美虽然已经心乱如麻，但也隐约感受到了克彦的用意。

“女士们，先生们，我刚才表演的只不过是一个开场节目。下面，我还要给各位表演一出我的拿手好戏。请注意看！”

花田一边眉飞色舞地说着，一边向站在旁边哈哈大笑的阿清招了招手，示意她到自己身边来。

“接下来，请各位好好看看，这是一根雨衣上的带子。你们想看看我能拿它变出什么花样来吗？”

看到这里，克彦立刻联想到案发那天晚上，他也曾使用过股野雨衣的腰带。天哪，简直太像了。他想做什么啊!

明美不由自主地将身体靠近了克彦。克彦生怕明美挺不住，就急忙转过脸去，看了看明美的脸，她还好，只是由于过分紧张，浑身没有一点儿力气，软软地偎依着他。克彦再次使劲儿地握了一下明美的手，心里默默地祈求，希望明美能够平静面对这一切，尽量不要让那个家伙看出什么。接着，克彦假装喝醉了一样，轻轻地闭上眼睛。克彦想，此时自己的表情一定很奇怪，但愿花田不会发现自己表情上的任何改变。这种时候，他只能向上天祈祷了。

（不对啊！明美，你眼睛瞪那么大干什么呢？你就不怕被人看出你心中的秘密吗？好孩子，赶紧把脸转向我这边来！）

克彦悄悄地拍了一下明美的肩膀，示意她把脸转向自己这边。克彦做这些动作时，眼睛却一直看向花田，他不想让花田注意到自己的动作。

花田好像完全没有注意到克彦的动作，仍然一边说话一边表演："各位请看，现在，我要用这根带子绑住自己的手腕……阿清，帮个忙，请你尽量绑紧一些！对，就这样，绑上三圈，紧一些，别忘了在带子的两端各打一个死结。非常好！就这样。"

阿清至今还被蒙在鼓里，自顾自傻傻地笑着，同时在花田的指导下用带子将花田并在一起并伸向她面前的两只手的手腕捆了个结结实实。

“各位都看到了吧，阿清虽然是一位美女，但力气还真不小呢，她将我的两只手用力地捆绑在了一起。那么，我是不是没有办法挣脱了呢？”

花田一边说着，一边努力地想把手腕从带子中挣脱出来。花田的动作，看上去十分夸张。花田还摆了一个无奈的姿势，表示无论自己怎样努力，都是徒劳。

“阿清，我的手帕在我的上衣口袋里，现在请你把它拿出来，搭在我的手腕上。这个魔术最精彩的部分马上上演，请大家注意看。”

阿清按照花田的吩咐，掏出花田的手帕，搭在花田的手腕上。

“好，这个带子捆得很结实，但我可以在转眼间就让它松开，从而将我的手挣脱出来，如果我做到了，请各位给我鼓鼓掌……”

花田警司一边说着一边在手帕下不停地鼓捣。忽然，他猛地伸出两只手来给大家看，脸上带着成功的笑容。他的动作非常迅速，谁也没有看清楚是怎么回事，但是那带子不知怎么就完全解开了。

克彦被眼前这一幕吓坏了，但他很快就恢复了理智。然后，他鼓足了勇气，噼里啪啦地给花田鼓掌，可能是因为声音不够大，所以他就多拍了几下手。

克彦发现自己还是能够保持冷静，于是又重新找回了一些自信。看到明美瞪着眼睛在那里发愣，克彦就向明美一个劲儿地使眼色，让她也赶紧鼓掌。明美虽然明白了他的意思，却只是很勉强地拍了几下手。

“刚才各位都看清了吧，我刚才表演的是解绳妙法。大家一定看到了，我把手抽出来以后，这根带子还完全保持着原来的形状，打结的地方依然如旧。不过，我的本领还不止这些，下面的节目会让各位更加开心。接下来，我要将刚才的动作反过来演示一遍，也就是说将两只手放进这个打结的套里，请大家欣赏一下。刚才的动作，也就是从打好结的套里把手抽出来，还容易一些，但下面的动作就有一定难度了。如果我做到了，请各位为我喝彩……”

花田边说边神秘地在手帕下面鼓捣。突然，他把两只手举了起来，而且两只手的手腕已经被紧紧地捆绑在了一起。

看到这里，克彦和明美的表情完全僵硬了，不情不愿地鼓了几下掌。他们的心已经乱了，他们只是在机械地拍着手。

“怎么样，各位？我的表演很精彩吧？好，今天就到这里吧。太晚了，我准备告辞了。临行前，我们再来一杯威士忌。”花田显然对自己的表演非常满意，兴高采烈地说着。

花田拿起酒瓶，给自己倒了一杯黑牌威士忌。然后，他端起酒杯，大摇大摆地向明美和克彦所坐的沙发走来。他如果在沙发上坐了下来，他一定会发现一旁的明美的身体在不停地颤抖。还是克彦比较机敏，他不想给花田这个机会，他赶紧站起来，快速给自己倒了一杯酒，然后向花田走去。

“真是太棒了！来，干杯！”克彦一边高声喝彩，一边走到花田面前，和他碰了碰酒杯。两人一口气喝光了杯中的酒，之后互相拍了拍对方的肩膀。

“对了，还有一件事，明智先生对我说，案发那天晚上，月亮为什么那么亮呢？难道是偶然的吗？可能还有别的原因吧！总之，他觉得其中或许有些问题。哈哈，时间不早了，我也该告辞了。”

花田一边说话，一边将酒杯放到桌子上，然后走到门廊的衣架附近，取下大衣穿在身上，像游泳一样扭动着身体向门外走去。

花田离开之后，克彦和明美终于松了一口气。但他们内心的痛苦丝毫没有削减，简直到了无法忍受的地步。他们两个一连喝了好几杯酒，也不过是借酒浇愁，自我麻醉而已。

克彦喝得醉醺醺的，倒在床上便睡着了，可是酒劲儿过去之后，他又醒了。他睁开眼，看了看躺在身旁的明美。只见明美面色十分苍白，正目光呆滞地望着天花板。她面颊消瘦了许多，看起来像得了一场重病，有气无力的。这一次，克彦没有像以往那样，跟明美说那些打气的话安慰明美，因为他深知这一招已经不管用了，何况他自己脑子里也一团乱麻！

（这个明智小五郎真是一个可怕的家伙！简直太可怕了！他好像已经钻到我的身体里了，什么都瞒不过他。）

“太可怕了，太可怕了……”这句话仿佛被什么人大声地重复着，不断萦绕在克彦的耳畔。

但是，花田的心理攻势并没有就此停下来。接下来一连好几天，花田都在向明美和克彦两人连续发动进攻，他的行动犹如可怕的毒箭，接二连三地向明美和克彦飞来，令他们防不胜防。

一天早晨，明美感觉在家里实在待不下去了，就去了涉谷的姐姐家，想躲一天，放松一下身心。谁知这并不起作用，她傍晚回到家的时候，看上去反而更加憔悴了。

回到家之后，明美拖着疲惫的身体上了二楼，什么也没有说，径直进了卧室。

克彦看到明美这个样子，心里很难过，急忙跟在她后面进了卧室。

明美坐在床上，用双手捂着脸，低声抽泣着。

克彦把手放到她的肩上，轻声问道："怎么了？又出什么事了？"

"我已经尽自己最大的努力了，但实在撑不住了。今天一整天，我都在被人跟踪。真是让人受不了啊！你向外面看看，那人可能还在我们家大门口呢。"

从明美那忧伤而无助的语调中，克彦感觉到，她的承受能力已经到了极限，有些自暴自弃了。

克彦走到窗前，通过窗帘的缝隙悄悄向前面的道路看去，果然有一个人站在那里。

克彦问道："是那个穿黑色大衣，戴灰色礼帽的家伙吗？"

"不是他是谁？他一定是花田派来监视我们的。"

"我是在涉谷那一站才开始注意到他的。他和我坐的同一班电车，到了涉谷，和我一起下的车。下车后，我走路去我姐姐家，他就一直跟着我。我在姐姐家待了三个多钟头。我以为他早就离开了呢，谁知我从姐姐家一出来，很快就发现那家伙还在我后面跟着我呢。我可真是受够了！如果被人整天这样跟踪监视，谁受得了啊！"

"你不要怕，他们正在和我们打心理战，这只是他们的战术。只要我们沉得住气，就不会输给他们。他们为什么这么做？是因为他们并没有找到切实的证据。他们故意这么折腾我们，就等着我们吓破了胆，然后露出破绽。我们可不能上他们的当。我们一定要装作若无其事，这样，他们就拿我们没办法。终有一天，他们会知难而退的。”

“你一直这么说，我也听厌烦了。现在，不管怎么说，事情变得越来越糟糕了。而且，我总这么撒谎，也太痛苦了。我真的已经受够了。现在，我最想做的一件事就是大声告诉所有人，杀死股野的人就是北村，他的帮凶就是我。”

（女人毕竟是女人啊。她已经到了歇斯底里的地步了。无论我怎么努力劝说她，安慰她，都不管用了。一不小心，她就会崩溃的。看来，形势已经越来越严峻了。不行，还得跟她说几句。）

“唉，明美，冷静一下吧，事情还没有那么严重。你是一个女人，有时候难免忧心忡忡。但是你要好好想想，如果我们这次失败了，那咱们俩的一生就彻底完蛋了。我会被他们抓走。作为同案犯，你也会被他们抓走，接受审判。最终，我们都会被送进可怕的大牢里。不仅如此，即使多年之后刑满释放了，我们也没有财产了。而且，世上的人都不会理睬我们了。只要多想想这些后果，现在无论什么样的折磨，都算不了什么的，都是可以忍一忍的。你说对吗？坚强起来吧，明美！”

“这些道理谁都明白。可是，光讲大道理有什么用啊？可我就是受不了这种感觉，我实在控制不住自己了。我每天晚上都在做噩梦，太可怕了！”

“你现在这般表现，可能是精神高度紧张，睡眠不足所致。你现在吃点儿安眠药，好好睡上一觉。睡醒后，你就会感觉好很多的。说来也怪，从那天起，我就离不开这个黑牌威士忌了。我还要喝一点儿。”说完，克彦给自己倒了满满一杯酒，咕咚咕咚地喝了下去。

事情还是一如既往的糟糕。从那以后，只要明美外出，不管走到哪，都有人在后面尾随。即使他们不出门，在家待着时，房子周围也总有人监视他们，无论黑夜还是白天，总是有一个黑衣男子，在他们家大门附近转来转去。

这一天，阿清急匆匆跑来，上气不接下气地说道：“太太，有个奇怪的家伙，总在我们家后门那儿转悠。刚才我买东西回来，他打量了我一眼，还咧开嘴冲我笑了笑。他会不会是小偷啊？”

什么？后门也有人盯上了吗？那当然不是小偷，明美心如明镜。

“是身穿黑色大衣，外加一顶灰色礼帽的那个男人吗？”

“不是，他穿一件茶色大衣，戴一顶鸭舌帽。他看上去很凶，非常吓人。”

（看来，监视我们的人增加了。）

明美赶紧跑上二楼，透过窗帘的缝隙，往大门前的大路上看，那个总穿着一件黑色大衣的家伙还在，那人站在污水河边，正斜着眼睛，毫无顾忌地往她这边看呢。明美连忙后退了几步。

就在当天晚上，在他们房屋周围监视他们的人又多了一个，变成了三个人。天哪，他们几乎要将整个房子包围起来了。

为了观察屋外的动静，克彦将书房的扶手椅搬到窗户旁边，坐在里面，从窗帘缝隙往外看。尽管光线昏暗，外面看不太清楚，但克彦还是明显地能看到有两个奇怪的人，一个人站在电线杆的阴影里，正看向房屋这边；另一个人好像在漫不经心地散步，只见他把手背在身后，不停地走到对面的街角附近，再走回来，来来回回，不曾停歇。

（他们可真有耐心啊！我们要比他们更有耐心才行。看来他们要和我们打持久战了。我们只要不放弃，坚持到底，就有赢的希望。鹿死谁手，还不一定呢。）

这时，克彦又看见了一个巨大的红月亮，远远地挂在工厂烟囱的上方。所不同的是，案件发生的那个夜晚的月亮是满月，而今夜的月亮只是一个月牙，让人感到很不吉利。

（就是这个红月亮怂恿我杀了人，它就是一个魔鬼。那天晚上，它总是跟着我。那天夜里的红月亮确实是个不祥之兆。今夜，这个红月亮又出现了，它会是什么不祥之兆吗？）

想到这里，克彦厌恶地转过头去。忽然，他听到卧室那边有人哭泣，除了明美还能有谁？那哭声令他无比烦躁。

克彦这次实在不忍心打扰她了，他用两只手抱住自己的头，颓然坐在沙发里，并将身体蜷缩起来。克彦感到头部正剧烈地疼痛，但是他只能强忍着，一动不动。

克彦心想，我还没有输给你们呢，尽管向我发起进攻好了，我决不会屈服的。克彦生来就有一种不服输的劲头。

又过了一会儿，克彦起身吃了几片安眠药，然后沉沉地睡去。第二天早上醒来后，他感觉身上终于有了一些气力。

克彦隐约感到自由的时间已经不多了。趁现在还有自由，他决定出去散散心：

“难得的好天啊。明美，咱们今天出去散散心吧！去一趟动物园怎么样？还可以去精养轩吃饭。咱们总不能一天到晚待在家里啊，那样会闷出病来的。他们想跟踪就随便吧，不必理睬他们。他们要是一直跟踪咱们，咱们就在精养轩请他们吃饭，然后好好捉弄他们一番，那该有多么开心啊。”

明美也想出去走一走，她想忘掉那些烦心事。

于是，他们都换上自己最喜欢的外衣，手挽着手走出了大门。女佣阿清很吃惊地目送他们离开。

与以往出门时不同，他们这次决定坐电车，而不是叫出租车。令人不解的是，今天他们居然没有被人跟踪。走进动物园的时候，克彦特意观察了一下周围的环境，想看看是否有人埋伏在附近，可是他什么都没有发现。

他们去精养轩吃饭时，他们也没有发现有什么可疑的人跟踪他们。

吃完饭，时间还比较早，他们去了乐町。在那儿，他们去电影院看了一场立体声宽银幕电影。这一路上，他们也没有发现有人跟踪他们。

几个月以来，没有一天过得像今天这样悠闲和快乐，这对于他们两人来说，真是很难得的事。他们一直玩到傍晚，天快黑时，才一起高高兴兴地回了家。让他们吃惊的是，在房屋外面，他们也没有看到那几个监视他们的人。

（那些讨厌的事情就此结束了吗？他们从此以后不会再跟踪我们了吗？这些天来，他们对我们发起了猛烈的心理攻势，但什么也没有得到，他们就此收手了吗？谢天谢地，这一切终于结束了。）

想到这里，克彦心情非常好，他迈着大步走进了家门。在享受过初春的阳光之后，明美的精神状态好了很多！看起来漂亮多了，简直和从前一样光彩照人。

女佣阿清已经做好了晚饭，已经将饭菜都摆在饭桌上了，就等他们回来了。然后，他们三人一起，心满意足地吃起了晚饭。

忽然，阿清好像想起了什么，对他们说：“对了，刚才花田先生来了。他给你们留了一封信，放在书房的桌子上了。”

不知什么缘故，阿清今天说话时的语调和平时有些不一样，好像有点儿害怕似的。

一听阿清提起花田这个名字，克彦心里就感到十分厌烦，一下子没了食欲。

（难道这个该死的幽灵又回来了吗？真是阴魂不散啊！不过，他今天来，也许是跟我们道别的吧！如果真是那样，就太好了，终于可以摆脱他们了！）

克彦怀着矛盾的心情来到二楼，去找那封信。果然，克彦在自己的办公桌上发现了一封用克彦的信纸写的信。

克彦看完那信封，不觉出了一身冷汗。今天一天的好心情，转眼间就消失殆尽了。

（那个可怕的明智就要来了。他可是个难缠的家伙啊。这太可怕了。）

原来，信上这样写着——

北村克彦先生：

今天，我来府上拜访。但事不凑巧，你们都不在家，所以我给你们写了这封信。我是想告诉你们，明智小五郎先生对我说，无论如何想要与你们二人见上一面，还要当面问你们一些问题。明天上午十点左右吧，我会带明智先生来的。到时，请你们二位一定在家等候！

花田

明美也上楼来了，此时正从克彦身后看那封信呢。看完信上的内容后，明美的嘴唇变得十分苍白，瞪大了双眼，眼珠子随时都能从眼眶里迸出来似的。

接下来好长一段时间，明美和克彦都没有说话。是的，他们已经吓得一句话都说不出来了。从前些天的较量中，他们已经领教了这个明智小五郎的厉害。这回，他竟然要亲自出马，追到家里来了。原本以为噩梦快要结束了，好日子就要来了，谁知反而陷入更加糟糕的境地了。

坐在餐桌旁时，他们两人谁也没有说话。餐桌上的气氛异常诡异，就连服侍他们吃饭的阿清，也表现出一副胆战心惊的样子，很少说话。

当他俩和她说话时，她显得十分紧张，眼神中一副惊慌失措的样子，好几次都是所答非所问。

“你怎么了？阿清，生病了吗？”

“没有，没什么事。”

阿清只是含糊地回答他们，显然是在敷衍他们。此外，她还不时用那种恐惧的眼神偷偷看他俩，仿佛被人训斥了的小狗一样。

总而言之，所有的事情都让人感觉非常不舒服。

克彦和明美草草吃完晚饭后，便来到了二楼。

心烦意乱的克彦，从酒柜上拿起一瓶黑牌威士忌，自斟自饮起来，一连喝了两大杯。然后，他走进卧室，换上了睡衣。看到明美躺在床上发呆，克彦就在床边挨着明美坐了下来。

事情发展到这个地步，克彦实在始料未及。他觉得他和明美有必要好好谈一谈了。

“克彦君，现在该怎么办啊？你想一个办法吧。我已经支撑不住了，精疲力竭。”明美率先开口说话了。

“老实说，我也感觉很无奈。不过，我们现在绝不能放弃。事到如今，就看谁更有耐心了。不要被他们的诡计所欺骗，他们一点儿证据都没有。只要我们不主动交代，他们就没有办法。”

“可是，花田警司好像什么都知道了，他已经把我们的计谋看穿了。那天，当他给我们表演手套和带子的魔术时，我就感觉一切全完了，因为他已经完全看清是怎么一回事了。所有的事情都被他看穿了。你杀死股野后，我做他的替身，在窗口呼救的事情。我用军用手套扮演案犯的事情。我替你做不在现场的证明的事情。我自己把自己绑起来，假装被人关进衣柜的事情。这些事情，从头到尾已经全都暴露了。这还不算完，如果那个明智再掺和进来，还有我们的活路吗？”

“明美，你真是太愚蠢了！表面上看，他们确实已经知道了真相，但那只不过是他们的想象而已。明智的想象力太丰富了，可想象毕竟是想象，而不是事实。他们为什么没有动咱们？因为他们没有证据。所以他们才和我们玩变魔术的游戏，想通过心理战将我们搞垮。我们现在要是认输的话，不就正好中了他们的圈套了吗？说实话，我也正想着要会一会这个明智呢。明天见了面，我要好好地和他比试一下，看谁更有智慧。现在，我们觉得他很可怕，是因为他在暗处。明天，当他坐在你面前的时候，你会发现，他也不过是个普通人，没有什么了不起的。我会非常谨慎，不会让他抓到什么把柄的……”

“啊，太可怕了！我怎么总是觉着那边有什么东西似的。那天晚上，我在走廊阴暗的角落里，看到了一个幽灵，睁着吓人的眼睛看我。我刚才好像又看到了。”明美忽然打断了克彦的话，并用一种恐惧的眼神看着他。

“你这叫歇斯底里症，不要总是这样想入非非了。”

说完，克彦突然站起身，走到书房，拿起威士忌酒瓶和杯子，回到卧室，斟了满满一杯酒，大口大口喝起来。

“北村，那天，你怎么就和股野扭打在一起了呢？你为什么要勒住他的脖子呢？为什么要勒死他呢？如果你没有杀死他，咱们今天也不至于如此窘迫。”明美情绪很激动，一连问了几个为什么。

“你又在说什么蠢话呢？我并不是有预谋要杀死他的，而是他先动手勒我的脖子，我才反过来勒住了他的脖子。如果他比我力气大，我早就被他杀死了。所以，我这样做应该是正当防卫。而且，正因为那个家伙死了，你才继承了他的财产，成了有钱人啊，也才能跟我过上现在这样富裕的生活啊。可是，如果这事暴露出来，我们两人就无法在一起了。那样，我将站在被告席上，你也将作为证人出庭，也不可能继承这笔遗产了。当初，我就是为了不让事情败露，才想出那个计策的。事发已经这么长时间了，我俩一直幸福地生活在一起。所以，无论发生了什么事情，我们都必须坚持到底，一定要保住我们的幸福！我还要和他们斗下去。明天，我还要和明智小五郎面对面较量较量。”

说完，克彦又喝了一大口威士忌。一个人在心烦意乱和胆怯的时候，总喜欢用酒精来麻醉自己。尽管嘴上说着逞强的话，但若不喝酒，克彦可能也支撑不下去了。

“北村君，我好像听到有一种奇怪的声音，就在门那边。一定有什么人进来了。我好怕啊！”明美一边说着，一边抱住了克彦的膝盖。

克彦向门口望去，果然看见卧室通往走廊的房门忽然打开了，门口站着一个男人。

然后，那个男人走了进来。克彦和明美就好像是看到了幽灵一般，吓得瑟瑟发抖。他们紧紧抱在一起，脸上满是恐怖的表情。他们一动不动地盯着那个男人。

等那个人走近时，明美尖声叫道：“啊，是花田先生……”

只见那人不慌不忙地来到明美和克彦的床边，开口说道：“的确是我。你们俩真是太可怜了！我刚才一直在门外，你们说的话，我都听见了。你们精神上如此受尽折磨，简直比死了还难受啊。为什么不换种活法呢？那样一来，你们的心情就会好一些的。你们会从眼前的痛苦中解脱出来的。”

（啊，原来这家伙一直在门外偷听。我们的谈话全被他听到了。可是，他们还是没有证据啊。只要我们一口咬定我们没说过那种话，他还是照样拿我们没办法。）

到这个时候，克彦还心存侥幸。

“你怎么能不打招呼就进到别人家里？快点给我出去！立刻出去！”克彦厉声喊道。

“不要发这么大火嘛！我们不是好朋友吗？我们不是一直在一起玩麻将、玩扑克，还一起喝酒吗？虽说我是贸然闯入，你也用不着这么见外吧？请先消消气，气大伤身啊。先不谈这个了。北村，怎么样？现在心情好多了吧？你已经把事情的经过都说出来了，心情是不是好多了？”花田说道。

“什么心情好心情坏的，我不明白你的意思。”

“我的意思是说，你干脆如实坦白交代了吧，那样心情就会好的。你，北村克彦，才是勒死股野重郎的案犯。你为了掩人耳目，制造了一个自己不在案发现场的证明——你让明美在窗户边演了一出精彩的戏。”花田用坚定的口吻说道，字字掷地有声。

“太荒唐了！你的想象力还真是丰富啊。我没有什么可坦白的。”

“哈哈，你在说什么呢！刚才你和明美已经全都坦白了。你们说得那么详细，那么清楚，我都听见了。现在，你们别无选择。”

“可笑！我说过这样的话吗？证据在哪里呢？难道你会说是你偷听来的吗？可那不能作为证据啊。那难道不是你在撒谎吗？我自始至终没说过那样的话。你能把我怎么样？”克彦已经把自己变成了一个无赖。

“你想抵赖，可没这么容易。”

“你说什么？”

“请你往那边看！在床上枕头旁边的墙上，安装壁灯的那个金属灯座底部，对，就在那儿。”花田用手一指，不慌不忙地说。

克彦和明美听了，不禁毛骨悚然，他们连忙顺着花田所指的方向看去。由于灯下黑的缘故，电灯下面比较暗，他们之前并没有看出壁灯底座部位有什么变化。经花田这么一说，他们仔细一看，才发现那里的确有个奇怪的东西，并且还稍稍向外凸出了一点儿。他们两人再仔细一看，发现那是一个很小的、圆形的金属制品。

“就在今天，你们两位外出的时候，我说服了你们家的女佣阿清，让人在这面墙壁上钻了一个小洞，又从那个小洞往隔壁松平家的房间里引了一根电线。不知道你们听明白没。我的意思是，墙上这个小小的金属制品是一个窃听器。隔壁房间里连着这个窃听器的是一个录音机。警视厅侦缉科科长安井带着几位警官，一直在隔壁的房间里听着呢。刚才你们两位所说的一切，他们都听见了。并且，你们所说的话也都录下来了。包括现在我们正在说的话，也都录了音。也正是这个原因，为了日后作证，我刚才在提到相关人的名字时，故意说得很大声，且十分清楚。”

克彦听到这里，像一个霜打了的茄子一样，默默地低下了头。他已经彻底死心了。他不得不承认，这个躲藏在花田背后一直没有露面的明智真是太厉害了。

（我认输了。他们竟考虑得如此周到！我真的做梦都没有想到！明智确实比我高明。现在看来，花田留给我的那个条子，说什么明智明天十点要来拜访，只不过是一个幌子，就像是压死骆驼的最后一根稻草，目的是把我们逼上绝路，然后引我们说出刚才那番话来。另外，原来他们一直在等待我和明美一起外出的时机。今天，他们终于抓住了这个机会。他们说服了阿清，在屋子里安装了窃听器。刚才阿清为什么那么害怕，为什么说话时语无伦次，我现在终于明白其中的缘由了。我其实也发现阿清今天的态度很反常，可为什么没有引起警觉呢？疏忽大意！现在，事已至此，无力回天了。不过，这并不能说明我是一个愚蠢的人。果然，这世上没有永远的谎言。）

“现在，有很多人可以作证了。不只有警察，隔壁松平家的男主人也可以作证。此外，你们家的女佣阿清，也正在隔壁的房间里呢。那个录音带里，有你们今晚说的所有的话。我们会在众人在场的情况下，加上封条，妥善保存的……现在，你们可以彻底放松了。你们再也不用忍受那种痛苦的折磨了，也用不着互相争吵了。这对你们来说，难道不是一件好事吗？”

说完这些话后，花田脸上终于流露出了平时很少见到的严肃神情。花田静静地站在地上，注视着明美和克彦。

实际上，花田的话还没有讲完时，明美已经倒在床上，开始大声痛哭了。

此刻，克彦低着头，手臂无力地下垂。花田说完后，克彦抬起头，十分严肃地说道：

“花田，这回我认输了。对不起！给各位添麻烦了！不过，我还是有话要说。你们的做法实在有些残酷，虽然你们没有拷打我们的肉体，但却对我们的心灵进行了严刑拷打。这无异于刑讯逼供。太不公平了。请将我的话转告明智先生。”

听了克彦的话，花田有些吃惊，但他很快又恢复了原先的那种平静。花田说道：

“克彦，你如果这样想，恐怕就是你的不对了吧。我们在侦破这个案子的过程中，的确用了不寻常的方法，其中就包括对你们进行的心理上的逼迫，但那也是迫不得已。因为你的诡计真是太高明、太巧妙了，我们很难找到实物证据。可是，我们不能就此放弃。否则，真正的罪犯将逍遥法外。作为警官，我们也就不能真正履行自己的职责。无奈之下，我们只能采取极端手段，对你们进行心理攻势。

“但是，我们所使用的心理上的侦破方法，和真正的刑讯逼供，完全是不一样的，性质完全不同。所谓的刑讯逼供，是利用肉体上的折磨让人认罪。即使是无辜的人，也可能因为刑讯逼供而被迫做出虚假的证言。其他的，比如对嫌疑犯进行一两晚不眠不休的讯问，也算一种刑讯逼供，这也很容易让嫌疑犯因为不堪忍受身体上的折磨而违心认罪。

“可是，像我们对你们两人所采用的方法与这些手段完全不同。如果你们没有犯罪，那对你们来说，这些方法都是无关痛痒的。实际上，我们并没有采用任何方式，强迫你们两人做出虚假证词啊。你们之所以恐惧，是因为你们是真正的凶手。若非如此，面对我们的戏法，你们应该不会有任何感觉。即使遭到跟踪，清白的人也不会因此坦白曾经行凶。我们所使用的心理战术与肉体拷问本质上是截然不同的……我这样说，你懂了吗？”

听了这些，克彦低着头，一句话也说不出来。

蒙面的舞者

一

真是个不可思议的俱乐部啊！我也是通过我的朋友井上次郎得知这个俱乐部的。

井上次郎这样的男子，真是世间少有！他简直是个百事通，比如他知道去哪一家能见到哪个明星，他更知道如何才能和这个明星搭上话。他也知道在哪条街可以看到很多淫秽图片。他还知道东京最高档、最豪华的赌场在哪条街上。此外，他还有很多类似这样的信息，可以满足我无穷无尽的好奇心。

有一次，井上次郎来我家拜访我，一看到我就非常严肃地说："你肯定不知道的。我参加了一个有趣的俱乐部，名字叫作二十日会俱乐部，这个俱乐部很有意思。说具体一点，算作一种很秘密的私人聚会吧。

“这个俱乐部的会员都是来自上层阶级的生活相当富裕的人，他们对人世间的一切游戏、娱乐已经非常厌倦。

“这个俱乐部的宗旨是追求极端的刺激体验。俱乐部的运作极为隐蔽，会员特别固定，基本上不招新会员。

“这次正好有个空缺。看在你我交情如此深的情况下，我邀请你入会，你意下如何呢？”

像往常一样，井上次郎的话，总是能引起我的好奇。根本就用不着他多言，我已经动了心。我立马问道：“这个俱乐部，究竟都做些什么事呢？”

一听我有心加入，井上次郎连忙向我解释道：

“你是喜欢读小说的，你知道外国小说中经常会写到一些非常奇特的俱乐部，比如你应该听说过吧，有一种自杀俱乐部。我们的俱乐部当然不是自杀俱乐部。不过我们的俱乐部也是以追求那种强烈的刺激为目的的。我们的俱乐部之所以叫二十日会，是因为我们每个月的二十日都有聚会，而每次聚会都会有让人惊叹的活动。

“在现在的日本，如果让你参加一场决斗，你肯定不会参加，但是在二十日会，我们就暗地里举办过决斗，尽管不会赔上性命，但是也非常刺激。

“有时候，主持人的一些行为几乎就是在犯罪。比如，有一次他非常严肃地命令别人杀了他，他演得太过逼真了，以至于大伙儿都吓死了。聚会上偶尔也会有一些煽情的或者是情色游戏。

“怎么说呢？这种聚会一般都会举办一些我们很少见识过的活动。会员们就是冲着体验平时无法体验到的那种刺激的滋味儿来的。这种聚会上，大家都会极尽享乐之能事，忘情享乐，非常有意思。”

听了他的话，我真的有点儿不敢相信自己的耳朵。我连忙反问：“这世界上真的存在这种疯狂的俱乐部吗？”

“这算什么呀，你根本就不了解这个世界，东京还有比这更刺激更疯狂的存在呢！所以我才说你落伍了呀！这个世界上的人，并不都是像你这样的君子，你太单纯了。比如我就知道某贵族沙龙里，公然播放淫秽电影。大家都心知肚明，秘而不宣罢了。即使这样，这也不过是这个社会黑暗角落里的一鳞半爪罢了。其实，东京的任何角落都潜伏着一些让我们不能想象，不敢相信的事物或事情。”

可想而知，井上次郎没费多少口舌，我就欣然答应加入他所说的这个神秘的俱乐部。

他说的果然不假。实际上，现实情况远远超出了我对这个俱乐部以及它所举办的聚会的合理想象。我想，如果仅仅把这个俱乐部举办的活动形容为有趣，那简直就是用词不当。怎么说呢？这个俱乐部的所有简直可以用“蛊惑”二字来形容。我相信，不管什么人，一旦涉足，立刻会上瘾，并且从此不能自拔。我自从加入俱乐部的那一刻起，就从未有过有一天会主动退出俱乐部的念头。

据我观察，这个俱乐部一共有会员十七个人，俱乐部的会长是日本桥一家大绸缎庄的老板。你别看这个老板平日里相貌堂堂，但是他骨子里是一个极为变态的人，俱乐部的很多五花八门的游戏都来源于他的创意。他简直就是这方面的天才，他的每一个提议都精彩绝伦，所有会员都对他无比推崇。

除了这位大名鼎鼎的会长，其余的十六个会员也都各有自己的怪癖。从他们的职业来看，我觉得商人最多，其次是报社记者，也有一些文艺圈的人，总而言之，全都是当时响当当的人物，当然不能不提的还有一名贵族公子。

我和井上次郎一样，只是一介商务公司的普通员工，也多亏我们的家族非常有钱，不然的话，我们不可能加入如此奢侈的俱乐部。即使这样，我们的手头也常常倍感拮据。

二十日会的会费实在有点儿贵，我觉得普通上班族是完全消受不起的，比如光参加每个月一次的聚会就要交固定费用五十元，如果有特殊活动，还要加一倍，甚至是三倍的临时费用。

我与会期间参加过五次聚会。也就是说，我只做过五个月的会员。我在上面提到过，这是一个一旦加入就永远都无法割舍的非常有趣的俱乐部，但是我的与会生涯只有五个月，你是不是觉得有些蹊跷呢？当然，这是有原因的。下面，我就讲一下我为什么会离开二十日会，这也是我要讲这个故事的目的。

一切要从我加入俱乐部的第五次聚会开始讲起。我想，如果有机会的话，我非常愿意向大家介绍一下我前四次参加聚会的经历，相信一定能让大家非常兴奋。但是篇幅有限，我只能从我第五次参加聚会的遭遇讲起。

有一天，俱乐部的会长，也就是那个绸缎庄的老板井关先生突然到我家拜访。其实，像这样登门造访，与每个会员联络感情，以了解大家的个性或者爱好，并以此来设计俱乐部的活动，是井关先生一向的做法。也只有这样，他才能策划出让所有会员都满意的活动。

尽管井关先生有特殊癖好，但是正常状态下，他是一个非常优秀的人，性格也非常好。那以后，我妻子还经常主动谈起这位井关先生，可见对他印象深刻。

另外，井关先生的妻子也是一个交际高手，常和我的妻子走动，和其他会员的妻子关系也都非常要好。她们也经常组织聚会。

我们的俱乐部性质虽然非常隐晦，但是又不是什么非法组织，因此会员们的妻子都知道其存在。但她们仅知道我们有一个俱乐部——具体是何性质并不清楚。她们也知道井关先生是会长，我们每个月有一次聚会。

像往常一样，井关先生顶着一头稀疏的头发，憨态可掬地进了我家的客厅。井关先生虽说已有五十岁开外，但是身材健壮。仅从外表看，井关先生与我们这种性质的俱乐部完全不沾边儿。井关先生在地垫上坐定以后，朝左右看了一下，然后用很低的声音与我商量起了关于俱乐部的事情。

“这一次，我想来点儿不一样的。我的想法是举行一场化装舞会。我将邀请十七位女士，搭档十七位男士会员跳舞。所谓化装舞会，重点是大家在不知道对方长相的情况下互相搭档。你觉得我的这个想法怎么样呢？

“放心，我肯定会让大家尽量伪装好自己，以使大家彼此都认不出来谁是谁。当然了，大家会事先根据我的吩咐抽签分组。这个舞会，精彩之处便是大家互相不知道彼此是谁。我已经为大家准备好了面具。请大家伪装得彻底一些，这样才更好玩儿。”

听上去很有趣呢！我当然欣然接受。我唯一担心的是与我搭配的女伴。

“那些女子从哪里找呢？”我问道。

“您放心吧！呵呵……”井关先生的笑声特别诡异，“我一定会找来的，并且绝非风月场上的女子，我怎么可能随随便便找些人来呢！我绝对让大家玩得高兴，绝对给大家一个惊喜。先不说了，都说出来了，就不好玩儿了。总之，女伴的事情就交给我吧。”

就在我们谈笑间，我的妻子进来了，端着果盘。井关先生好像被吓了一跳，马上正襟危坐，脸上邪恶的笑容一下子就收起来了。

“你们俩聊得这么开心啊！”妻子好像发现了什么似的，笑容里满是深意。与此同时，她给我们斟好了茶。

“嘿嘿，我们只是在做普通交谈，在沟通一些生意经。”井关先生已经换上了另外一副面孔，温文尔雅地解释道。

井关先生一向如此。

最后，我们约定好时间和地点后，井关先生就打道回府了。

二

我此前的人生中，从未有过参加化装舞会的体验。

参加舞会的那天，我根据井关先生的吩咐，好好地乔装了一番。然后，我带着事先收到的面具，前往举行舞会的地点。

事实上，一直到这时候我才真正领会到化装舞会的真正刺激之处。为了这次舞会，我特地从一个美术家朋友那里借来了一套奇怪的衣服。我还买了长长的假发，供自己使用，连我都觉得这有点儿过了。为了乔装面部，我甚至偷偷地用了一点儿妻子的脂粉。

背着家人，乔装改扮，这种刺激真是难以言表。如同马戏团的小丑一样，对着镜子往自己脸上涂涂抹抹的时候，这个过程本身就无比刺激。那一刻，我似乎明白女人每天在镜子前浪费那么多时间鼓捣自己是为什么了。

不管怎么说，乔装改扮的过程是非常顺利的。然后，我将借来的奇装异服，藏在人力车上，根据约定好的时间前往指定地点。

举办舞会的地点在山手某富豪的府上。抵达大门前的时候，我按照事先约定好的方式，朝警卫室的门卫打了一个暗号，然后我便沿着细长的石子路朝玄关走去。一旁的路灯，将我的身影长长地投射在地上，显得非常诡异。

玄关处有一个佣人打扮的男子已经在等我了，他看上去应该是俱乐部专门请来的。他脸上没有任何表情，见我到来，便默默领我朝里面走去。

我们一路走过长长的门廊，终于抵达宽敞的西式客厅。看上去，已经有会员先我一步了。同时，我也看到三三两两的女子站在或者坐在客厅里，那应该是来参加舞会的女子吧。

朦胧的微黄的灯光笼罩着整个客厅，给人一种如梦似幻的感觉。

我在靠近门口的长椅上坐下。然后，我环视整个客厅，想找一个熟悉的人，但却是徒劳。他们也太会伪装自己了。我眼前的近十名男子竟如从未相识一般无比陌生。不管是体态，还是走路的样子，我竟看不出丝毫破绽。再加上他们脸上还带着面具，我真是云里雾里。

先不说其他人，井上次郎作为我多年的好友，我应该认得出来吧，但是我睁大眼睛四处寻觅，甚至去到另外一个房间，都没有见到他的身影。

不得不说，这是一个神奇的夜晚！到处闪耀着银灰色光线的大厅，透着幽光的实木地板，经过乔装改扮的十七对男女戴着面具，他们或是佯装安静，或是蠢蠢欲动，无不在焦急地等待一场前所未有的奇怪的聚会。

这样的场景很容易让人联想到西洋的化妆晚会，但是就聚会性质来讲，绝非如此！虽然现场的布置完全是西式的，虽然大家也是身着洋装，但是这毕竟是日本，这宅邸在日本，参与人员也都是日本人，舞会的氛围一眼看去也明显是日式的，与西式化妆晚会完全不同。

另外，参与人员虽然都很善于伪装自己，但是他们的追求明显非常极端，要么稍显土气，要么因为过于超前而显得有点张夸张，与西式舞会的高雅气氛明显不同。

再有就是，现场的与会女子，虽然姿态婀娜，但是无不拘谨、娇羞，与西式舞会上西洋女子的洒脱格格不入。

我看了一下客厅里与我面对面的大时钟，约定的开场时间已经过去了，该来的人也都来了吧，井上次郎肯定也来了。我再次睁大眼角，仔细扫视周围的每一个男子，认真分辨他们之间的每一个细微的差别。奇怪的是，我发现有好几个人都很像井上，但是究竟哪一个是他，我还真的说不清楚。有一个身穿黑白格西服的男子，所戴的帽子也有同样的花纹，他的背影看上去很像井上。那个身穿黑色唐装，头戴中式礼帽，留着发辫的男子，我看着与井上也有几分相似。不过，那个穿着紧身黑衬衫，用黑布包裹着头的男子好像更像一点儿，尤其是他走路的样子。

不知道是客厅的光线太过模糊，还是大家的乔装手段过于高明，我谁也没认出来。面具混淆视听的效果可见一斑。现场之所以能有那云谲波诡的气氛，最大的功臣莫属每个人脸上的那一副面具。

过了一会儿，刚才领我进来的那个年轻男子进到了客厅——这到处上演着猜忌、怀疑却又无声无息的怪异剧场。只见他不紧不慢地来到主席台前，像背诵课文似的说道：

“各位朋友，大家好，久等了，现在早已经过了约定时间，想必大家都已经等得不耐烦了。现在开始，我们进入今天晚上的第一个节目——跳舞。如何选择舞伴呢？请大家现在把我们事先发给大家的号码牌交给我。我会一一报出大家的号码，号码相同的人是一组。我事先要声明的是，我知道现场有很多人并不擅长跳舞，但是请大家不要因为这一点就有所拘束，请大家尽量把今晚的聚会当成舞会吧，只需要配合音乐，哪怕只是牵着手慢慢踱步也可以。请大家不要顾虑太多，请尽情享受今晚的舞会吧！”

“我再强调一点。为了让大家尽兴，舞伴配完对以后，房间里的灯会全部关掉，请大家注意。”男子又补充了这么一句。

很明显，这个男子完全是在执行井关先生的命令。可是，这规则制定得实在太古怪了。二十日会的活动一贯都比较疯狂，但是今天这活动是不是有些过头了呢？听完男子宣布的活动规则，我心里七上八下，很不是滋味儿。

接着，男子逐一读起我们交上去的号码牌上的号码。根据他读到的号码，我们三十四个男女，就像小学生一样站成了两排，配成了十七对搭档。

试想一下，连常在一起活动的男同伴都认不出来，我们身边的女伴儿就更让我们云里雾里了。在昏暗的灯光下，每一对搭档都好奇地望着对方的面罩，好像要将对方看穿一样。在这种情况下，就连平日里好奇心十分旺盛且胆大包天的二十日会的会员们也都有点儿畏惧了。

一个身穿黑色礼服的女子，站在我的面前，她的脸上蒙着一块传统的深色面罩，外面又加了一个面具。显然，她就是我的舞伴了。乍眼一看，她完全是一名良家女子，根本不适合出现在这样的地方。

根据井关先生的承诺，他招来的女子不是风月场上的女人，那我面前的这个女子，她究竟是干什么的？她是谁？她是舞蹈家？演员？还是一般家庭的良家女子？我有点儿摸不着头脑。

我盯着她仔细地看了好一会儿，忽然间我有一种感觉，我觉得我好像见过她。这是错觉吗？但我真的感觉我好像和她似曾相识。我紧紧地盯着对方看的时候，我发现她也一直在盯着——已经乔装成长发画家的我。我好像从她的眼睛里看到了一副百思不得其解的神情。

假如留声机的音响再晚一点儿响起，假如客厅里的灯光再晚一些消失，我们也许就能认出对方，从而也可以避免那个令我悔恨终生的结果。只可惜，人世间有些事情，是不可挽回的。就在那关键的时刻，客厅好像一瞬间陷入了黑暗之中。

灯熄灭以后，客厅里一片漆黑。我还能做什么呢？只能鼓起勇气牵住对方的手，而与此同时对方也将柔软的手交到了我的手里。紧接着，原本是快节奏的舞曲，一时变成了安静的弦乐。如此环境，不懂得舞蹈的门外汉，也在大厅里伴随背景音乐肆意旋转起来。

现在想来，现场哪怕有一丝光线，也很容易让大家分心，从而完全跳不下去。但是井关先生考虑得太周到了，现场一片黑暗，伸手不见五指。在这种状况下，现场的男女变得格外开放。很快，纷乱的脚步声，有节奏的喘息声，充斥在一起，令人心旷神怡。大家就在这种气氛中翩翩起舞。

开始的时候，我和我的女伴也是隔着空气，手握着手，非常拘谨地来回踱步。忽然，她的下巴放在了我的肩头，我的手臂环在了她的腰间。就这样，我们紧贴在一起，忘情地热舞。

三

怎么说呢？有生以来，我从未经历过这样的事情。漆黑的房间，光滑的木地板，凌乱的脚步落在地板上，就好像啄木鸟的嘴不断地叩击着地板一样，诡异的节奏由此诞生。

事实上，那背景乐根本不适合跳舞。从那留声机里流出来的节奏，虽然是弦乐和钢琴合奏曲，但是听上去阴森可怖，就像是来自地狱的声音。当我的眼睛习惯了周围的黑色之后，因为暗影浮动，空旷的大厅仿佛更显得人头攒动。客厅里粗壮的柱子如巨人一般矗立于各个角落，人们围绕柱子旋转、摇摆。总而言之，那诡异的现场，云谲波诡的气氛，一切都捉摸不透，就像是正在上演一场关于死亡的狂欢。

就在这样的状况之下，我迷迷糊糊地环着一个陌生又似曾相识的女子翩翩起舞。周遭暗影浮动，虚虚实实，但那不是梦幻，不是做梦，而是现实。不知道是因为恐惧，还是因为过于刺激，我的心扑通扑通地跳得厉害。

我面对的这个女子，究竟是什么样的身份？我该如何面对她？假若她真的是风尘女子，我也就没这样的考虑了，任何冒失的行为，估计对方都能接受。但是她不是那样的人，我一眼就能看出来。难道她以陪人跳舞为谋生手段？也不像，她一看就是良家女子。而且，对于跳舞这件事，她好像也不专业。她行为如此端庄，难道她是大户人家的太太？如果真如我猜测的一样，那么井关先生可就太缺德了。

我一边胡思乱想，一边被动地跟着人流舞蹈。我突然惊觉，对方的另一只手不知什么时候也放到了我的肩膀上。没有谄媚，没有羞怯，有的只是顺其自然，就好像我们是相识多年的情侣一样。

她凑过来的面具，离我越来越近，我隐隐能感受到一种来自对方的熟悉的香气，围绕在我的周围。与此同时，她细腻柔滑的绢服与我的天鹅绒面料的衣服，不停厮磨在一起。此情此景，我的心一次又一次被点燃。我们就像是一对彼此深爱着的恋人，相互依偎在一起，温柔舞蹈。

我努力看向周围的人，我发现他们的情况也和我基本相同，甚至比我们还要放得开，反正不像是第一次见面的男女朋友。我突然有点儿不习惯眼前的一切，对于我面前的舞伴甚至正在舞蹈的我，居然从心里生出一种莫名的恐惧。

过了一会儿，差不多就在大家都有点累了的时候，留声机突然停止工作，音乐戛然而止。主持活动的男子的声音再次传来："大家好，隔壁的房间已经准备好了美酒，请大家到隔壁稍作休息。"

他的话音刚落，隔壁房间的房门突然朝两边开启，炫目的光线立即直射进来。

井关先生考虑得太周到了，大家不免感激，但大家都没有说话，一对对男女默默地手牵着手走进了隔壁的房间。隔壁的房间虽然不比客厅宽敞，但也十分阔绰，一眼看去，整齐地排列着十七张精致的小餐桌，上面覆着干净的白布。

我和我的舞伴在主持活动的男子的引领下，坐在了一个角落。

我仔细观察了一下，这里并没有服务生，每张餐桌上都有两个杯子以及两瓶洋酒。两瓶洋酒中，一瓶是波尔多葡萄酒；至于另一瓶嘛，是一种滋味让人难以忍受的酒，显然是专为男士准备的。

主持人告诉我们，酒宴上大家不能说话。因此，酒宴正式开始以后，我们除了一杯接一杯地喝酒，别无他事。现场的女士也都喝起了葡萄酒。

果然是烈酒，只是几杯，我就醉了。我为舞伴倒葡萄酒的手，都控制不了了，就像得了严重的疟疾一样，抖个不停。玻璃杯和玻璃瓶不断碰撞，叮当作响。在酒精的作用下，我差点儿说出奇怪的话来，但是我立刻意识到不对劲儿，于是赶紧闭上了嘴巴。我对面的女子喝酒的时候，会把掩盖在嘴边的黑布轻轻地掀起，然后羞怯地带着无限娇羞小酌。我想，她大概也有点儿醉了，因为她暴露在外面的仅有的肌肤已经晕红。

我这时又仔细地看了看我的舞伴，突然惊觉她特别像一个人，一个我熟悉的人，尤其是她的脖子到肩膀的线条，像极了那个人。但是我说的那个人，她是不可能来这种地方的。其实，看见她的第一眼，我就觉得好像在哪里见过她。当然，只怕是我想多了吧!

这世界并不缺少容貌一模一样的人，更别说只是姿态有点儿像了。我不能妄下判断。

很快，这沉默的酒席上的人都差不多喝醉了。虽然现场并没有人说话，但是玻璃杯碰撞的声音，衣服摩擦的声音以及偶尔间插的一些不成句的人声，回荡在整个房间，现场还是有点儿嘈杂的。好像每个人都喝醉了，并且醉得非常厉害。男主持人若再晚一些开口说话，也许有人就要经不住酒精的作用，大喊大叫，甚至起身跳舞了。但是谁能逃得开井关先生的安排呢？男主持出现得太是时候了，他说：“大家好，尽享美酒之后，请大家再次回到舞池，随着音乐，尽情跳舞吧！”

我侧耳一听，确实——隔壁的客厅，音乐已经响起，但这次不是安静的弦乐与钢琴合奏曲，而是充满煽动作用的快节奏的弦乐，听上去简直有些吵闹。音乐就像大家的诱饵似的，吸引着大家急匆匆返回客厅，然后比先前更加疯狂地跳起舞来。

接下来的情况，我真的不知道如何用语言来形容。有震耳欲聋的各种噪音，有在黑色里仿若彩色游龙一般狂舞的绚烂的烟火，有豪无节制的怒吼……我的想象力也就这样了，实在无法精确地描绘当时的场景。

也许是因为过度的大量的舞蹈动作，也许是因为血液里的酒精终于开始发挥作用，我一下子就醉了，以至于我几乎失去理智。我甚至忘记我在众人面前上演了怎样的丑态。

四

当我口干舌燥到喉咙快要着火的时候，我终于清醒了。

但是我发现我并没有睡在自己的房间里，怎么回事呢？难道是我昨天晚上跳舞跳到倒在地板上，然后被人抬到这里来的吗？话说回来，这里又是哪里呢？我仔细一看，我的枕边有一条呼叫用的铃索。我想尽快找个人问问清楚我究竟在哪里，于是我伸出手去，想要拉那条铃索，但是这时候我却发现，香烟盘旁边有一沓纸，最上面的那张纸上潦草地写着一些字。

我认真地读了一下那上面写着的难以辨认的假名文字。大致意思如下：

你这个恶人，虽然说是酒后乱性吧，但是我没有想到你竟是如此粗鲁之人。事已至此，我也不说什么了。我现在只想做一件事，就是把昨天晚上的事通通忘掉，请你也将昨天晚上的事情通通忘掉吧。另外，昨天晚上发生的一切，你一定要对井上先生保密。这也是为我们彼此着想。我走了。

春子

还没有读完这些文字的时候，我的耳边就好像响起了一个惊雷。刹那间，我原本昏昏沉沉的脑子，清醒过来了。原来……原来……这个人是——春子——井上的太太。原来井上的太太就是我的舞伴。真是难以置信！我的悔恨几乎要掏空我的身体。

尽管昨晚喝得烂醉如泥，但是现在回想起来，昨天晚上的情况我还是隐约记得的。当现场群魔乱舞的气氛达到一定的高潮的时候，那个男主持人走到我和我的舞伴的身边，轻轻地对我们说："二位，车子已经为你们准备好了，我带你们过去吧。"

然后我牵起舞伴的手，跟随男子向前径直走去。现在想起来，我也觉得十分奇怪！为何春子会那么顺从地牵着我的手跟我走呢？难道她也喝醉了吗？

当我们跟着男子走到院子里的时候，那里果然停着一辆小汽车，我和我的舞伴坐进去以后，男主持人在司机耳朵边轻轻交代了一声："他们是11号。"11号是我们这组的代号。

接下来，我们大概就被带到这里了。接下来发生了什么事情，我真的有点儿模糊，好像没有什么印象，但我又似乎记得，一进到房间里，我就卸下了面具。我的舞伴看到我的真面容之后，惊叫一声，随即便要逃走。

是的，大概就是这样，我现在能回想起来的就是这些。当时，我喝得烂醉如泥，完全不知道对方是谁。真是酒后坏事，直至看到这封信，我才惊觉，她原来就是我朋友的妻子，这是多么愚蠢的事情啊！

我害怕天亮，因为我真的不想再见到任何光亮。我害怕出去，因为我觉得我已经无颜面对任何人。我首先想到的是，今后我要如何与井上次郎相处？我又有什么脸面再见到春子？我萎靡不振地反复思量着这些事情。我完全沉浸在这无可挽回的悔恨之中，不能自拔。

现在想起来真是后悔，其实我从一开始便心存疑虑。她虽然经过乔装，蒙着面，穿着平时不甚穿的衣服，但是她的身形，她的动作，我都觉得很熟悉，原来她就是春子。我为什么没有多一个心眼儿，我当时为何没有再进一步确定她究竟是谁。在喝得烂醉如泥之前，我为何没有先确定对方的身份？失策！

虽然，井关先生并不知道我和井上次郎私交甚好，但即使这样，我也不得不承认，井关先生这次的恶作剧真的是有点儿过头了。就是换成其他女子，这样的情况对我来讲也是不可接受的！更别说我的舞伴还是我最好的朋友井上次郎的妻子。他是出于什么样的心态，才会导演这样的恶作剧呢？我实在有点儿想不通。还有就是春子，已经有井上次郎这样优秀的丈夫，居然还与陌生男子在黑暗中共舞，甚至跟着我来到这个房间……

春子竟然是这样的女人，真的想不到！可是，我说这样的话是不是显得我也太自私了呢？如果我不像昨天晚上喝得那样烂醉如泥，也就不会有接下来发生的这些事情，也就不会有现在这样的结果。我也得为这件事情负责！

我实在太郁闷了，我为什么会遇到这样的事情？这苍白的文字真的无法表述我当时的心情。等不到天亮，我就离开了那个地方。然后，我像个罪犯一样擦去脸上乔装用的脂粉，仍然穿着昨天晚上的服装，把自己深深地藏于一个斗篷之中，踏上了回家的路。

五

回家之后，我的懊悔仍然无法消解。妻子称病待在里间一直没有出来，不肯见我。吃着女佣准备的差劲儿的饭菜，我的悔恨更进一步。

打电话请了假之后，我呆呆地坐在书房的办公桌前，茫茫然不知道如何面对这不可挽回的结果。我十分疲倦，但却完全睡不着，也无心看书或者做其他事情，只是那样待着。

如此深思，我突然想到一个事情。

“不对啊，”我越想越不对劲儿，“好像哪儿不对，不会有如此愚蠢之事，即使我昨天晚上喝得烂醉如泥，但是直到今天早晨我都没有认出对方吗？这其中会不会有什么阴谋？再说，井上的妻子，那样温柔贤惠的一个人怎么可能参加这样的舞会？那女子的脖颈到肩膀的线条确实有点儿像春子，但越是如此，问题越大，越是可疑！这肯定是井关给我挖的一个陷阱，他会不会从我不知道的什么花街柳巷找来一个女子，让她乔装成春子的大致模样迷惑我？这应该不是什么难事。我正是中了这样的圈套！井关一贯如此，恶作剧的玩家！很可能正在面对这一切的不止我一个人，有可能所有会员现在都深受其扰。缺德的井关故意策划这样一出闹剧，为的是聚会的时候取笑我们。应该就是这样！”

我仔细想了一下昨夜聚会的各种细节，我越想越觉得我的推理是成立的，有很多证据支持。想到这里，我忽然长叹一口气，心里的石头终于落地了。我甚至因此诡异地笑出了声音。

我决定马上出门，到井关家里向他证明我已经看破了他的小伎俩，并且我是多么不在乎！

我让女佣帮我叫了出租车，随即出发前往井关家。

我家和井关家很近，车子很快就开到了井关家大门口。本以为这个时间点井关应该不在家，没想到他居然没去店里，我第一时间被领到了客厅里。

咦？这是怎么回事？我发现，除了井关，还有三个二十日会会员也在现场。他们都在偷笑，难道谜底已经揭开了？难道他们没有遭遇我那样的尴尬？我虽然满心疑虑，但是我仍然装着像没事一样，坐在了座位上。

“昨晚还好吧？过得愉快吗？”我刚坐定，就有一个会员调侃我。

“我完全没有，你呢，你应该很愉快吧……”我摸了一下自己的下巴，然后满不在乎地回答道。我原本想取得他们的同情，但是我却得到了让我匪夷所思的回答。

“难道你的舞伴是新人？哈哈……很有趣……怎么可能不愉快！是吧，井关先生？”

井关先生以大笑作为回应。

有点儿莫名其妙，但是不能露怯，我极力保持镇静。他们完全没有注意到我不正常的神情，因为他们完全没有把我放在眼里，仍然自顾自地调侃对方。

“昨晚的主题真的不错！惊险，刺激！我们都没有想到我们的舞伴就是我们自己的老婆吧？哈哈！”

“哈哈，是啊，以为是惊喜，结果是旧人。”

他们边说，边哈哈大笑。

“井关先生，了不得啊，幸亏早已安排好了，事先就让各对夫妻拿了一样的号牌，这么多人，没弄错，已经很了不得了！”

“我是很谨慎的，要不弄错就完了！”井关先生自信满满地说道。

“虽然井关先生事先做了很多工作，但是真的没想到她们居然都来了。不过，对方是自己的老公，也就无所谓了。如果换成别的男人，而她们又……那就惨喽！”

“担心了？哈哈……”

接着又是一阵笑声。

听完他们的话，我真的可以说是目瞪口呆。这才是真相！我再也坐不住了。虽然井关先生自信满满，但是我毕竟还是搞错了。只有我搞错了！我和春子成了舞伴。这阴差阳错的失误！

“不过……但是……”我心头突然掠过一个不祥的念头，“那么，我的妻子成了谁的舞伴了呢？井上的舞伴又是谁？”我越想越不对劲，腋下不停地渗汗。

井上次郎的舞伴？他的春子是我的舞伴。那也就是说，我的妻子是他的舞伴！很明显了！妻子跟井上次郎？我……

这是多么荒谬的事情啊！

我匆匆道别，逃跑似的离开了井关家。坐在车里时，我百思不得其解，脑袋里嗡嗡作响！还有解救的余地吗？我拼命地想着昨晚的所有细节。

快要抵达家门的时候，我终于想起了号码牌的事情。下车以后，我立马奔向书房，从昨晚所穿的衣服里拿出了那个号码牌，上面赫然写着——17。但是，我明明记得，昨晚我的号码是——11。好吧，我终于懂了，井关先生没有错，这一切都源于我的粗心大意。

其实，事前井关先生曾对我千叮咛万嘱咐，让我不要将号码搞混了，但是我并没有特别在意。一直到昨晚，到了活动现场时，我才匆匆瞥了一眼我的号码牌，并且错将7看成了1，从而导致了这不可挽回的错误。

我真的没想到，这样一个不起眼的小失误，竟然导致了这样的结果。直到现在，我才真正意识到，加入二十日会俱乐部是多么不明智的决定！

但是井上为什么也会如此粗心大意呢！真是造化弄人啊！说到底，还是我的错！也许是主持人在叫到11号的时候，我先应了一声，以至于井上以为自己是17号！话说回来，井关先生对1和7的书写真的是太容易让人搞混了。

那么，井上和我的妻子之间发生了什么，不言自明了！妻子完全不知道我乔装成了什么样子！况且昨晚应该所有人都喝醉了吧！

还有一个证据，妻子现在仍然躲在房间里不肯见我！

书房里的我，心乱如麻。唯一让我清醒的是我对妻子、井上次郎以及春子那份深深的愧疚！这份愧疚恐怕这一生都将笼罩在我心头，不会消解！

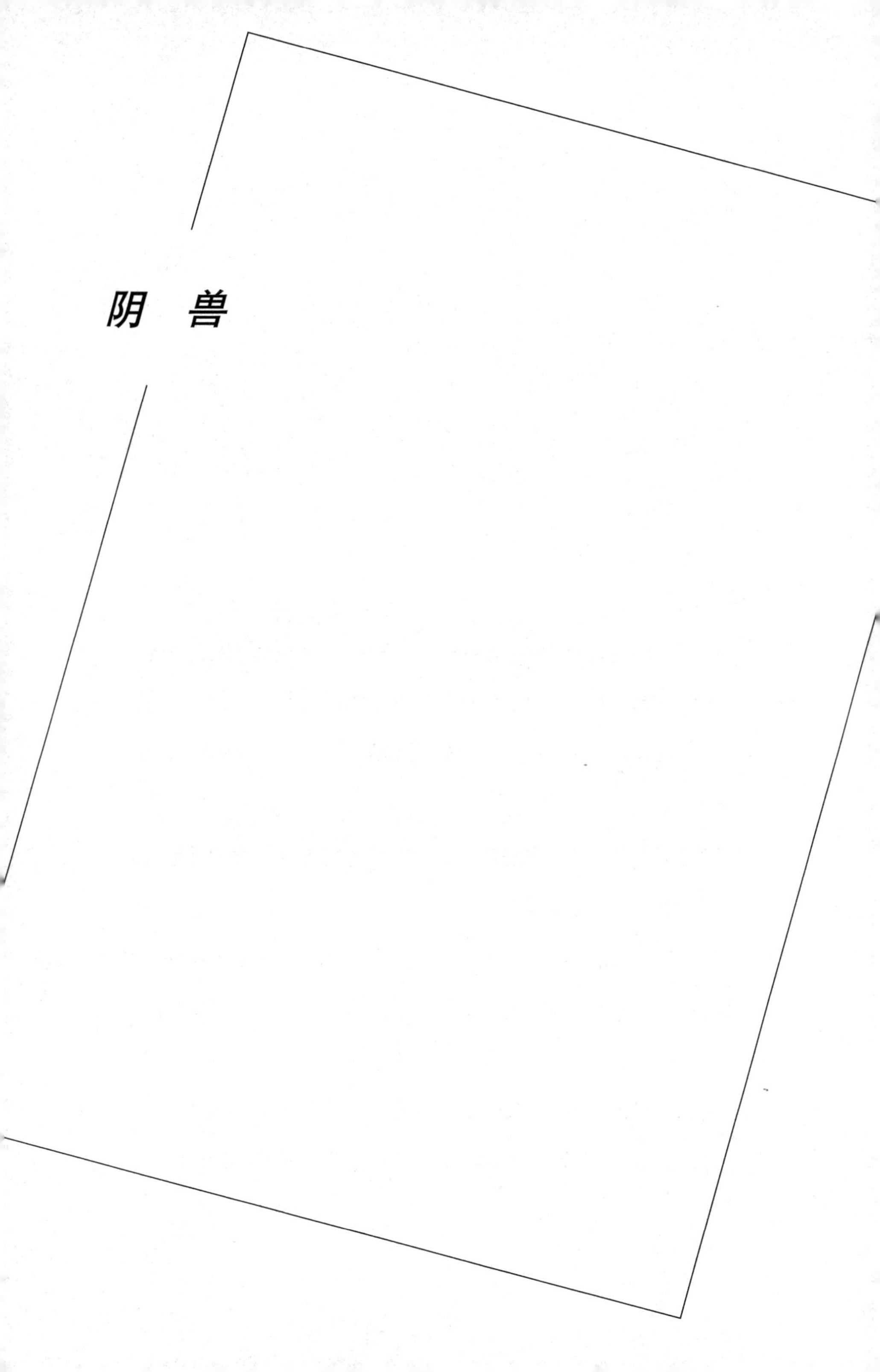

阴　兽

一

我一直认为，侦探小说家分为两种：一种是罪犯性，作品中一般都会大写特写罪犯嗜血嗜虐的心理或者行为；另一种是侦探性，只是对侦破案件的过程感兴趣，对罪犯的犯罪心理完全不感兴趣。

我在下面要写到的侦探作家大江春泥就是典型的罪犯性侦探作家，而我则属于后者。

我也是靠写侦探小说谋生的，但我感兴趣的是科学的推理过程，我一点坏事都不干。这么说吧，这世上像我一样洁身自好的人并不多。

如我这样的人能与下面我要讲的这样一件事发生关联，完全是巧合。做人如我，如果道德上稍有沦丧，或者说沾染了一丁点儿恶人的品质，那我也不会像现在这样后悔，更不至于像是置身于被重重迷雾深锁的深谷之中不知所措。何止如此！说不定我现在已经坐拥娇妻和数不尽的财富，幸福地生活着呢！

事情已经过去有一段日子了。虽然到目前为止，谜团仍未解开，但是如今已经物是人非，我可以从某种程度上回顾一下了。现在，我想把它记录下来。

我想，将它写成小说一定非常有趣。但是，即使我真的将它写成一部小说，也不一定敢将其公开发表。我之所以这样讲，是因为小山田横死的事件已经深深印在人们的记忆中了，即使我怎么改名换姓甚至费尽心思进行文字润饰，估计都是徒劳。

一旦发生这样的事情，这人世间终将有人会受到牵连。而我也将陷入无比尴尬的境地，或者深受恐惧情绪的困扰。

说到我将要讲的这件事，不仅事件本身十分离奇，我就此展开的联想更是骇人听闻，令人不寒而栗！

即使到现在，我一想到这件事，我心头就犹如那晴朗的天空突然变得乌云密布，好像还会有即将划破天空的午后的闪电，耳畔仿佛还会传来轰隆隆的雷声，真的不敢想象！我的世界仿佛一片黑暗，整个世界都好像出问题了。

也许正是这些原因，我才有将它记录下来的计划。虽然不可能立即将其发表，但我终究是要以其为题材创作一部小说的。我想强调的是，这些都是初稿，就像是稍微详细一些的备忘录而已，因为我是抱着写日记的心情，在一本老式日记本——只有正月里记了几页，其余全都是白页——上，详细地将其记录下来的。

在开始这个故事之前，我想先简单介绍一下这个故事的主人公——大江春泥的为人、作品风格以及其放荡不羁的生活态度。

在这件事之前，我对大江春泥的了解全都来自他的作品。我也许曾在杂志上用文字与其有过交流，但是仅此而已，除此之外并没有实质性的交往，因此对他的了解真的可以说是少之又少。

我手上仅有的关于他的资料还是从一个朋友——本田那里获得的。实际上，我在此直接透露我从本田那里经过多方打听得来的消息，实在不妥。我应该按照事情发展的先后顺序，从我被莫名其妙卷入这个事件开始讲起。我感觉这样做才是最合理的。

那应该是去年秋天大概十月中旬的事情了。那时，我为了看佛像，到上野的帝室博物馆去了一趟。那里面空间很大，几乎不见人影。当我在昏暗的空荡荡的房间里蹑手蹑脚穿梭的时候，哪怕只是弄出一点儿声音，都会引发很大的回声。不只是走路时会担心弄出声响，就是咳嗽时都得十分小心才行。

偌大的博物馆，居然没多少人前来参观。我想不通，究竟是什么原因，使它被人冷落至此。陈列窗上的玻璃不时闪烁着冷冷的光，漆布地板上几乎没有尘埃，高高的天花板犹如寺庙中大殿里的悬空建筑一样高。总而言之，那好像一座被置于水下的建筑，威严，肃穆，没有一点儿生气。

某一刻，正当我站在一个陈列柜前凝神瞩目一尊木雕菩萨像那梦幻般的线条时，我突然听到有踮起脚来走路的声音以及窸窸窣窣的丝绸摩擦声从我身后传来。

对！有人正在走近我。在当时那种环境下，我全身的汗毛几乎都竖了起来。通过我对面的玻璃橱窗上映出的人影，我发现一个身穿花纹夹袄、梳着圆形发髻、气质高雅的女子站在了我的身后，她留在玻璃橱窗上的影像同橱窗里的菩萨雕像重叠在了一起。我能看得出，她也在专心致志地盯着橱窗里的菩萨雕像看。

我当时虽说表面上仍在欣赏那木雕菩萨像，但是我实际上在偷偷观察着我身后的这位女子。她有一张白净的脸，那是一种我未曾见过的温润如玉的白，真是令人想入非非！我想如果这世上真的存在美人鱼，那美人鱼的肌肤也不过就是这样罢了。比起她的肌肤，她的脸型更加吸引我。她有一张规规整整的瓜子脸，这让她拥有了一种古典美女独有的气质。此外，她的眉毛，她的嘴巴，她的脖颈无不给人一种弱不禁风的柔弱之美。怎么说呢？她给人的感觉特别像古典文学作品中的仙女，自带一种仙气，只怕稍一触碰便会消失得无影无踪。直到现在，我眼前仿佛仍然能看到她那长长睫毛下充满梦幻色彩的浪漫眼神。

我已经忘了是谁先开口的，总之我们聊了起来。大概是我找了个借口先搭讪她的吧。我记得，刚开始时，我们聊的都是馆内的藏品。然后，我们一起绕着博物馆走了一圈，接着又从上野的山内一直走到了山下。

在这不长不短的时间内，我们聊了很多。经过这一番了解，我愈加觉得她美得不可方物。她的笑更加迷人，她那柔弱娇羞的态度，不时地将我带入古老的油画作品的意境之中，她仿佛就是那里面的圣女，我甚至由此想到了蒙娜丽莎。当时，我几乎每时每刻都沉浸在一种如痴如醉的心境之中。她笑的时候，我能将她的犬齿看得真真切切。她的嘴唇碰在犬齿上咧开嘴笑的时候，她的嘴唇部将呈现出一种令人沉醉的样子。就连她右脸颊上的那一颗黑痣，也长得无比生动，时时刻刻让她那张脸展现出一种温柔惹人怜的不羁风情。

假如我没有发现她脖子上的奇怪的痕迹，那么她留给我的印象也就这样了，温柔大方，婉约高雅，仿佛用手轻轻一碰就能随即消失，但是我看到了她脖子上的奇怪的痕迹，这让我从心灵深处对她产生了更加一发不可收的好奇。我想她本来是想用和服的领子将那些痕迹轻轻藏住的。但是，从上野的山里往下走的时候，我很轻易地就发现那些印痕了。

她的脖颈上的那条痕迹细细的、长长的，估计一直延伸到了后背，红肿的样子给人的感觉既像是胎记又像是新近刚刚生成的伤痕。她白皙的肌肤，她形状姣好的脖颈，平添了这样一道像是红色的毛线缠绕在一起的红色的细长的痕迹，更加增添了一种让人难以抗拒的性感。她给人的如梦如幻的美，因为那道伤痕，显得更加真切。

在与她的交谈之中，我得知她是碌碌商会的投资人之一、著名实业家小山田六郎的夫人——小山田静子。巧合的是，她是疯狂的侦探小说爱好者。她说她特别喜欢我的作品。听她这么一说，我当时简直兴奋得手舞足蹈。读者与作者之间的惺惺相惜，让我们很快便熟络起来。我清楚地记得，也许正是因为这层关系，我没有产生此前一直有的与此等美人萍水相逢的失落感。那以后，我们竟然不时地通起信来。

像她这样年轻的女子，居然来这种已经被人冷落很久的博物馆参观，本已让我心生好感，而她还是我——自诩在侦探小说家之中最有智慧——的忠实读者，更是让我对她好感倍增。

我真的迷上了她。那以后，我一而再再而三地给她写信，虽然写的都是一些无多大意趣的文字。而她总是以像她那样的女子才有的细腻一一回复我的信件。作为一个不甘心忍受寂寞的单身汉，能结识这样一位有品位的女性朋友，真的让我受宠若惊。

二

小山田静子和我的书信往来，一直持续了好几个月。

说句实话，在我写去的信中，很多时候我小心翼翼地表达了某种不言自明的诉求。我感觉——如果不是我自作多情——静子那边也或明或暗地表达了某种超过一般友情的看上去十分客套却又不无相思的某种情愫。

说起来怪不好意思的，我明里暗里打探到了关于静子的老公小山田六郎的一些情况，他不但年龄比静子大，而且外表看上去比实际年龄还要大很多，非常显老，脑袋瓜都快秃了。

今年二月的时候，我突然从静子的信里察觉到一些不寻常的情况：她好像遇到了什么事，并且为此非常担心。

比如她在信中写道：

近来事多，我为此忧心忡忡，并且常在夜间醒来。

虽是只言片语，但我仿佛看到了静子害怕的样子。

在另一封信中，她这样写道：

先生，你和那位叫作大江春泥的侦探作家是好朋友吗？你如果知道他的地址，能告诉我吗？

大江春泥的作品，我当然拜读过。但是由于这个人行事古怪，很少见人，基本不参加作家的聚会，因此我和他基本没有交情。

更何况，自从去年下半年以来，他基本上处于封笔状态，人也不知去了何处，没人能联系到他。

我如实回答静子。但是一想到静子的不高兴甚至害怕可能与大江春泥有关，大部分是由于我将要提到的原因，我心里颇为不快。

几天之后，静子寄来一张明信片，说是有要事商谈，能否面谈。

我自我感觉良好地“感觉”到了商谈的内容是什么，于是想入非非地等待着与静子的再次会面。但我完全没有想到，她要和我“面谈”的是那样一件恐怖的事情。

收到我“随时恭候”的回复之后，当天静子迫不及待地就来了。我完全没有想到，短短时间之内，静子已经完全换了一副模样，十分落寞。我出门迎接她的时候，看到她的样子，我十分失望。而她要和我“面谈的事情”更是让我目瞪口呆，一扫我的想入非非。

“我实在没有别的办法了，才想到找你帮忙。我想，像你这样的人终归有办法帮帮我的。只是，我们才认识这么一点儿时间，就这样打扰你，我深感抱歉。”

静子好像连说话的力气都没有了，强撑着说完这些话后，苦笑了一下，右脸颊的那颗痣，也随之抖动了一下。然后，她静静地用眼睛看着我。

那时节，天仍然特别冷，我的书房中央放着一个紫檀木火盆架子，架子上的火盆里炭火烧得正旺。静子十分得体地坐在我的对面，两只手轻轻地靠近火盆取暖。她的手仿佛就是她全身甚至她整个生命的写照，看上去弱不禁风，纤细柔弱，但又不是病态的消瘦；肤色白里带青，但是却彰显着一种独特的生命力；轻轻一握仿佛就能随之消失，但又带着某种神奇的弹性。是的，她整个人给人的感觉就是这样。

她如此消沉，我真的没有想到，不禁严肃起来，说道：

“我能办到的，定当尽力。”

听我这样说，她稍稍叹了口气。然后，她给我讲了一个在我看来非同一般的故事。在讲的过程中，她也不断穿插了自己的身世。

根据静子所讲，我简单概括一下她的身世，静子出生于静冈，一直到女校毕业之前，她都过得无忧无虑。

唯一的意外是，静子在女校读到四年级的时候，在一个叫作平田一郎的年轻人的苦苦追求之下，她和他维持过一段非常短暂的恋爱关系。

实际上，当时静子并不是真心喜欢平田一郎，只不过是花季少女心血来潮时的逢场作戏罢了，但是平田一郎是真的喜欢她。

后来，她慢慢地想离开平田一郎，但是对方却一直纠缠不止。静子越是躲避，平田一郎越是紧追不放。再后来，她经常在夜晚看到他家周围有人影晃动，她甚至常常收到恐吓信。可想而知，因为一时心血来潮而招致的报复和恐吓让她甚是忧心。她的父母看她那般状况，也非常担心。

就在这时，静子家遭遇了一场变故，但对静子来讲，她自认为那倒不失为一场幸事。当时，经济大环境很不好，她的父亲欠下了一大笔债务，无力偿还。于是，几乎是在一夜之间，她父亲携带全家老小，草草收拾行李，关掉店铺，逃往彦根去投奔一个老朋友。

因为这场意外，静子虽然即将毕业，但也不得不从女校退学。她很快发现，因为这次迁居，她很轻松地摆脱了平田一郎的纠缠，不由得心花怒放。

但是静子的父亲从此一蹶不振，甚至患上重病，直至离世。从那以后，静子和母亲相依为命。

静子和她母亲着实过了一段凄苦的日子，但是她们很快结识了她们藏身的那个村子的实业家小山田。从那以后，她们结束了辛苦的生活。

小山田对静子可以说是一见钟情。很快，小山田托人前来求婚。静子也并不讨厌小山田。虽然他们相差十岁，但是小山田那放荡不羁却又潇洒十足的绅士气质完全俘获了静子的心。他们顺理成章地结了婚。婚后，小山田带着静子和她母亲去了东京生活。

静子婚后第三年，母亲过世。之后，小山田去海外拓展公司业务，两年之后——也就是前年年底——才回来。静子说，那两年时间里，她几乎每天都去学习茶道、花道，也断断续续在学习音乐，主要是为了排解寂寞。除去这些，静子的生活过得相当舒坦，他们的夫妻关系也相当和谐。

小山田是个精明能干的人，这些年下来，积累了巨额财富，已成不可撼动之势。

“说起来怪不好意思的，结婚之前，我并没有将我和平田一郎的那段往事告诉小山田。”因为无尽的羞愧，静子讲到这里时低下了头，她那长长的睫毛也垂了下去，眼里满是泪水。

静子接着说道："小山田不知道从哪里听说了平田一郎这个人，开始对我有所怀疑。我则坚持说不认识平田一郎这个人，并坚称自己不曾接触过别的男人。小山田疑心越来越重，我越是否认他就越是怀疑。

"人生的不幸有时候来得太过突然和滑稽。我七年前不经意的一个谎言导致了今天这样的恶果。那个谎言，我并无恶意，但是竟然导致这么大的后果，我现在每天深受折磨。

"这么长时间以来，我早已经将平田一郎忘得干干净净了。当我收到平田一郎的来信，看到信封上的落款，我才想起我生命之中还认识过这么一个人。我真的早已经将他抛置脑后了。"

静子说完之后，甚至拿出几封来自平田一郎的信给我看。事后，静子将这几封信交由我来保管，所以这几封信现在仍在我的手上。为了让大家更了解静子的苦衷，我现在将第一封信奉上：

静子，我终于找到你了。我相信你并没有发现我。实际上，从我再次遇到你的那一刻起，我就开始追踪你了。我现在已经知道你住在哪里，并且已经知道你现在姓小山田。我感觉你应该没有忘记我这个曾经让你十分讨厌的家伙吧。对的，我就是平田一郎。被你抛弃，你知道我有多难过吗？薄情如你，我无须多言。想想那时，郁闷的我多少个夜晚徘徊于你家周围，你都熟视无睹。我热情如斯，你却冷漠至极。你不仅不见我，冷落我，甚至还憎恨于我。你懂得一个男人被人抛弃之后的感受吗？我的苦闷只能化作叹息，我的叹息只能化作憎恶，我的憎恶只能化作仇恨，这一切都顺理成章。你家发生变故，我可以理解。但是你趁此机会连一声道别都没有便远走他乡，从我面前消失得无影无踪，你知道我的感受吗？我整日茶饭不思，呆坐于书房。从那时起，我就发誓要复仇。

年轻时候的我，完全不知道如何寻找你的踪迹。那时候，你父亲为了躲债将你们的行踪掩藏得很好。我虽然一时无法得知你的行踪，但是我仍将复仇当成我终生第一件大事。我不信这辈子再也见不到你。

贫穷是我寻找你的唯一障碍。我必须参加工作，养家糊口。一年，两年，时光流逝如白驹过隙，而我与贫穷的斗争似乎不曾改变。我只顾着养家糊口，辛苦的劳动几乎让我忘记了你曾在我生命中存在过。

那大概是三年前吧，幸运之神从天而降。就在我的生活山穷水尽的时候，就在我不管从事何种职业都毫无发展的时候，我出于消解内心愁闷的目的写了一篇小说。真是无心插柳柳成荫，从那以后，我竟然可以依靠写作维持生计了。你有阅读小说的习惯，你应该知道一个叫作大江春泥的作家吧？虽然从一年前开始他已经没再发表过作品了，但是很多人仍然十分怀念他的名字。没错，我就是大江春泥。

你千万别以为我会沉迷于小说家这个虚名给我带来的种种荣誉中以致从内心里忘记对你的仇恨，完全不会！相反，正是因为我内心里对你的仇恨，我才有了那些创作灵感。那些通篇充满腥风血雨的小说，那里面的猜疑、偏执与残忍，正是得益于我对你的仇恨，它们无不来自我内心一直偏执般存在的复仇心理。

如果我的读者得知这一切，必将为此感到浑身战栗。

静子，当我的生活稳定下来以后，等我有充裕的时间和金钱的时候，对你的寻找重新拉开了帷幕。

实际上，我并不奢望能找回你对我的爱。现在我已经结婚，尽管那只是我被逼无奈娶的名义上的妻子。我一直认为，恋人和妻子是不一样的。这么说吧，结了婚，娶了妻子，并不意味着我对你的仇恨会从我心里消失。

静子，好在我已经找到你了。

因为找到你，我高兴得快要跳起来了，因为我多年的夙愿终于要实现了。就像是构思小说情节一样，我设计了很多种报复你的方法，我一直在努力寻找让你最为痛苦和恐惧的方法。我将我的计划付诸实践的时机终于到来了。我不能不为此兴奋啊！我已经为我的计划做好了一切准备，你根本没办法通过警察的力量或者其他保护措施来逃脱我对你的报复。

一年多以来，各种报社或者杂志社的记者都在报道我下落不明的消息。我这样做并不是我计划之内的事情，仅仅是因为我不喜欢参加人际活动，另外也勉强算作韬光养晦的策略吧。但是，我没想到，这反而帮了我的大忙。是的，接下来，我将继续消失。这样，我也好继续推进我的复仇计划。

你一定想知道我的复仇计划是怎样的吧？但是我现在还不能透露太多。作为职业侦探小说家，我当然知道，真正的恐惧需要我们一步一步去接近，一步一步去体会，只有这样，效果才更好。

当然，我也不会辜负你的好奇，打算将我的计划透露一部分给你。比如，你家里于四天前即1月31日夜晚发生的所有关于你的事情，我都了如指掌。我不妨罗列一下：

下午七点至七点半，你在你家卧室的小桌上看书。你看的是津柳浪的短篇小说集《变目传》，你只看完了其中的一篇。

七点半至七点四十，女佣给你端来了茶点，你当时吃了两个风月堂的红豆饼，并喝了三碗茶。

七点四十，你去了厕所，五分钟后回到了卧室。

七点四十五至九点十分，你一边织毛线，一边沉思，我当然不知道你在想什么。

九点十分，你的丈夫回来了。

九点二十至十点，你在陪你的丈夫喝酒聊天。你丈夫劝你喝点儿酒，你大概喝了半杯葡萄酒吧。你们喝的葡萄酒是新开的，你喝酒的时候发现有一块小木屑掉在酒里了，你用手指将它取了出来。然后你让女佣给你们铺好了床。你和丈夫上完厕所后，就躺下了，但是一直到十一点，你们都没有睡着。你再一次躺回床上准备睡觉之时，根据你家的立式座钟的报时，当时正好是十一点。

我的记录怎么样？精确吗？是不是如列车时刻表一般精确？你会感到恐惧吗？

致夺走我爱情的女子！

复仇者

二月三日深夜

“我很早就知道大江春泥这个名字了，但是我根本不知道他就是平田一郎。一点儿都不知道。”静子惭愧地说道。

实际上，即使是大江春泥这个名字，估计很多同行也都不知道吧。若不是翻开书的后记看，若不是经常来访的本田常常向我提起他，我恐怕也没有机会知道平田这个名字。他就是那样一个不合群，顶让人讨厌的人。

静子带来的威胁信其实还有三封，内容大同小异，但信封上的邮戳各不相同，不是从同一个邮局寄出来的。信里的内容结构基本上都是一样的，开始是诅咒性的话语，接着是静子某个夜晚的行为纪实，最后是落款。让人奇怪的是，平田在信里记载的内容有很多关于静子家卧室的描述，那些描写细致入微，非常真实。还有就是，不管是描述那些羞于启齿的事情还是那些无关痛痒的内容，用词都极为冷酷、无情。

敢于把这些信给我这样一个与她并不算特别熟悉的人，我十分理解静子的心情是怎样的，那一定是既羞耻又无奈。但是她宁愿忍受这些，也要找个人倾诉，并且选择了我作为倾诉对象。因此，我备感压力，我告诉我自己，我的回答一定要谨慎，谨慎，再谨慎。

通过这件事，可以看出，静子真的不想让他的现任丈夫知道她之前的秘密，也即他和小山田结婚之时已经不是处女的事实。另外，通过这件事，还可以看出，静子是非常信任我的。

“除了我丈夫这边，我已经没有亲人了。至于朋友，我感觉真的不适合谈这件事情。请原谅我无理的请求吧！我以为只要我足够有诚意，您一定会帮助我的。”

听静子说完这些，我一想到像她这样美若天仙的一个人居然如此信赖我，心里就无比兴奋。其实我也知道，她之所以这样拜托我，与我和大江春泥一样都是优秀的侦探推理作家，有莫大的关系。当然了，即使有这层关系，如果她不是绝对信任我，也不会如此拜托我。

对于静子的请求，我当然得满口应承下来。我当即答应帮她这个忙。我想，根据现有情况来看，要么就是她家的下人被收买了，要么就是平田一郎亲自潜入静子家从而得到了那么详细的信息，反正不外乎这样的卑劣行径，除此之外仿佛别无他种可能。从大江春泥一贯的行事作风来看，他完全干得出这种勾当。

对于我以上的几种猜测，我问静子是否有所察觉，静子说完全没有。根据静子所说，她家的用人都是老人了，基本都知根知底儿，他们都是常年住在府上的；她的丈夫小山田安全意识非常好，大门和围墙简直可以说是牢不可破。最后，静子肯定地说，假如有人真的潜入了院子里，那也不可能轻易抵达她卧室附近的位置。

从我心里所想，我觉得大江春泥根本没有能力做这样的事情。他能干得了什么呢？他不就是一个侦探小说家吗！他能做的估计也就是写几封信吓唬吓唬静子罢了。至于那些坏事，我感觉他真的做不来。

大江春泥将静子的一举一动打探得如此真切，这的确值得怀疑，但这并不是完全做不到的事情，终究逃不过他的惯用伎俩，很可能是费尽口舌从别人那里打听来的。我将我的想法告诉了静子。并且，我向静子保证，我一定帮她打探到大江春泥的落脚处，然后我再想办法说服他停止自己的疯狂行为。静子之后就回去了。

与拿着大江春泥那小儿科一样的恐吓信看来看去相比，我感觉还是安慰静子时的感觉更让我受用。见到静子的感觉，真是太好了。静子临走时，我对她说："这一切现在最好还是不要告诉你的丈夫。现在还不到那种地步。"

之所以说这番话，我是有私心的，我还是非常享受我和静子共同享有一个连她丈夫都不知道的秘密的感觉的。

我很快便着手寻找大江春泥。一直以来，对于大江春泥这个人，我十分厌恶。他和我的创作风格正好相反。他的创作尽是些充满女人猜忌心理的车轱辘话，令人厌恶，他这样做就是为了博得那些变态读者的喜欢。他不以为耻，反以为荣。这是我反感他的主要原因。因此我也想借此契机向广大读者揭露他的丑恶行径，让他臭名昭著。但是，我做梦也没有想到，寻找大江春泥的过程充满艰辛。

三

如前所述，大江春泥是大约四年前突然出现在文坛的侦探小说家。

当时，几乎没有人像他那样写侦探小说，因此他的处女作一经发表，就深受广大读者欢迎。几乎是一夜之间，他成了炙手可热的小说家。

他算不上高产作家，但是也在不断地发表作品。他的作品以恐怖见长，每一篇都充满了血腥味，只是读上两三行字，便让人无比恐惧，但正是这种风格成就了他。

我是从青春小说转型到侦探小说的创作上来的。我成名的时间和大江春泥差不多，也算是侦探小说界的知名作家了，但我的创作风格和大江春泥完全不同。

大江春泥的作品简直就是阴暗、病态人格的真实写照。而我的作品则轻松明快，非常接地气。因此我们明里暗里地展开了创作竞赛，我们甚至常常互相攻击。大多数时候，指责来自我这边，大江春泥虽然偶尔也反驳我，但是沉默应对的时候较多，只是自顾自地发表自己的那些内容恐怖甚至变态的作品。这一点让我有点儿苦恼。

我虽然经常指责他，但对于他作品中特有的那种气息，我还是相当吃惊的。他作品中天生有一种半死不活的阴暗气息，但又充斥着一种神奇的向生的力量。也许正是这种气息，吸引了大众读者。此时联想到他写给静子的那些信，也许他作品的气质正是源自他对于静子的深植于心的仇恨，这样看倒是不难理解他的作品为什么有那样的风格了。

其实，在他一下子成为侦探小说界炙手可热的人物的时候，我内心里很自然地生出过一种针对他的嫉妒之情。这种嫉妒甚至带有一种孩子气的敌对情绪。那时，我总是在想，终有一天我要让这个不知天高地厚的家伙吃吃苦头。

让我没想到的是，大约从一年前开始，他居然不再发表作品了。不仅如此，就连他人在哪里，也没有人能搞清楚。他这么做并不是因为他已经不再受欢迎了，相反各路记者都在打听他的行踪。然而，他还是失踪了。虽然我一贯很讨厌他，但是自从他消失以后，我反倒觉得很寂寞。是啊，我失去了一个优秀的竞争对手，感觉自然不会很好。我做梦也没想到，偶然结识并使我深深沉迷的小山田静子竟然和大江春泥有如此渊源。于是，我心中的斗志又燃起来了，毕竟能与曾经的竞争对手以另一种形式相较量，应该也是不错的体验。

大江春泥即将将自己曾经空想的用于创作文学作品的推理情节付诸实践，看来也是理所当然。很多人曾经有过这样的论断，大江春泥是一个空想型罪犯。在空想的世界里，他完全就是一个罪犯，他有犯罪的欲望，有犯罪的兴致，他在稿纸上的犯罪生活同样是血淋淋的。

读过他的作品的读者朋友一定对他作品中处处渗透着的那种压抑的阴森森的地狱般的气息别有印象！猜忌、怀疑、施虐、窥视也都是他作品的常态。

举一个例子，他曾在一个小说中这样写道：

是的，没法从小说中获得的满足感终于来了。他早已经厌倦了世俗生活的平淡，他找到了倾诉的出口，将疯狂的想象诉诸笔端，他从此感受到了莫大的快乐。这也就是他创作文学作品的初衷。但是，现在这已经完全满足不了他的欲求了。到底什么才能刺激他？才能让他满足？唯有真正的犯罪而已。事到如今，他什么没经历过呢？只有那让他如痴如醉的犯罪才能真正唤醒他麻痹的灵魂。

作为一名作家而言，他的生活是相当古怪的，比如他飘忽不定的行踪，他的孤僻，在同行甚至经常打听他行踪的杂志编辑和记者那里众所周知。别说是想采访他的记者了，即使是德高望重的同行前辈也鲜有机会能进入他的书房。一年四季里，他几乎一直称病在家，基本上不参加作家聚会，但是却常常搬家。有人说，他基本上每天都在床上躺着，不分白天还是黑夜，包括吃饭、写作等活动，都是在床上进行的。也许是刻意为之吧，据说即使是大白天的，他也会拉上窗帘，然后打开只有五瓦的灯泡。他是在故意营造那样一种昏暗的写作氛围吗？只有那样他才能构思出一流的恐怖情节？

他消失以后，我曾经幻想他是不是会像他在自己的作品中写的那样，蛰伏于浅草一带堆满垃圾的小巷子里，将自己在文学作品中构思的情节诉诸现实。谁知半年之后，他果然如我想象中的那样以一名幻想实践者的身份出现在了我的面前。

想要打听大江春泥的下落，我首先想到的是报社或者杂志社的编辑。像大江春泥这样行踪飘忽不定的人，一般情况下不会接见来访者。很多杂志社及报社的编辑都在寻找他。但是我想除非交情极好，否则大江春泥是不会透露自己的行踪的。我想来想去，博文馆的本田编辑应该符合这一要求，过去相当长一段时间，他都在负责春泥的稿件事务，他甚至称得上是名副其实的“春泥专员”。作为一名约稿编辑，他搜集各种信息的能力，我是见识过的，实在佩服。

我打电话邀请本田编辑来家里一叙。然后，我假装不经意间打听起春泥的日常生活。果然，本田编辑就像是谈论自己的某个酒肉朋友一样，轻蔑地说道：“大江春泥吗？那个家伙，真的很不像话！”

然后，本田谈笑之间回答了我很多问题。

据本田所讲，大江春泥刚开始的时候住在池袋，租住的房子特别小。后来随着名气越来越大，收入越来越好，他住的房子也越来越宽敞，但仍然是租房子住。他在两年之内，搬了好多次家，牛込的喜久井町、根岸、谷中初音町、日暮里金杉等都曾是春泥的落脚地。

大约是迁居到根岸的时候吧，他一下子成了抢手货，编辑记者纷纷赶来拜访。也就是从那时候开始，他开始闭门谢客。他家的大门每天都紧闭着，家人出入只走后门。

那么多人登门造访，他却谎称自己不在家，之后才去信解释“不便见人，有事信函联系”。能有幸见春泥一面的人，少得可怜。很多记者为此备受打击。就是那些对小说家的古怪性情司空见惯的编辑记者，面对春泥的孤僻性格时也束手无策。

还好春泥的夫人是个温柔贤惠的女人。本田编辑很多时候是通过她来约稿和收稿。

但是和这位夫人见一面也并不容易。春泥家不仅经常大门紧闭，而且大门上还常挂着各种拒绝会面的牌子，上面写着各种拒绝会面的理由，如“病中，谢绝会客”“外出旅行”“各位记者编辑朋友，约稿请来函明示，恕不会面”等等。除了一次次无功而返，又能怎么样呢？本田也为此大伤脑筋。

春泥行事如此，每次搬家当然也不会特地一一告诉经常来拜访的记者和编辑。大家只能以邮件上留下的线索探寻春泥的新住址。

“那么多编辑记者都想和大江春泥建立联系，但是能和春泥说上话，甚至能开个玩笑的，恐怕只有我一个人。”本田不无炫耀地说道。

“看照片春泥挺帅气的，真人到底如何呢？”好奇心使然，我问了这么一句。

“并没有！我感觉照片是假的，虽然他说那是他年轻时拍的。我感觉他年轻时也不会有那么英俊。可能是因为缺乏运动的关系，他胖得圆滚滚的。而且，他虽然胖，但是并不显得饱满，脸上的肉松松的，并且双眼混浊，毫无表情。再加上他不善言谈，给人的感觉很奇怪。有时候，我特别纳闷儿，他这样的人怎么可能写出让人追捧的小说！”本田说道。

“宇野浩二不是有部作品叫作《癫痫病人》吗？春泥就是那样一副德行。他整天躺着生活，身上估计都有茧子了。有人传言他连吃饭都是躺着的，我看此言非虚。

“不可思议的是，还有传言说，他每天在半夜时分乔装改扮到浅草一带游荡。像他这样的人，每天躺着生活的人，如果能干出这样的事，那只能证明他是个小偷，要么就是像蝙蝠一样的人。也许，他是过于内向吧！所以他不敢拖着那么臃肿的身体出现在人们面前。并且，随着他的名气越来越大，他愈加不敢这么做，他太过自卑了。因此他不敢会见任何朋友和来客，只能在半夜时分到空无一人的街道聊以自慰。从大江春泥的行事方式和他夫人的言谈看，他真的能做出这样的事。”本田一口气说了这么多。

接着，本田又和我说了一件让我十分吃惊的事情：“对了，寒川先生，我告诉你一件最近发生的事情。我最近见过失踪已久的大江春泥。他的形象变化太大了。我并没有和他打招呼，但是我敢保证那就是大江春泥。”

“在哪？在哪？”我迫不及待地问道。

“浅草公园。当时正是清晨，我正在往家赶。我当时酒还未醒，也可能是幻觉吧……”本田不好意思地笑了笑，“那边有一家名叫来来轩的中国餐馆，你知道吧？就在那个拐角处。那天，大清早的，路上行人并不多。我突然看到有个戴着鲜红的尖帽且身着小丑衣服的胖子在那里散发传单。我做梦都没有想到，那竟然是大江春泥。我一下子惊呆了。我在犹豫要不要去打招呼。但是就在我犹豫的那一刻，他已经发现我了。他也呆住了，仍然是他标志性的表情——就是没有表情，然后猛地一个转身，三步并作两步向对面的胡同走去了。我当时多想追上去啊！但是又想到他尴尬的样子，还是别去打招呼反而更好。”

听本田如此诉说大江春泥的怪异生活及古怪行为，我感觉自己就像是在做噩梦，心里很是不舒服。尤其是听到他说大江春泥在浅草公园以那样一副姿态散发传单，我心里莫名恐惧起来，浑身的汗毛好像也竖起来了。

大江春泥以那样的装束在浅草公园散发传单和他写给静子的恐吓信之间有什么必然的联系吗？要知道本田在浅草遇见大江春泥的时候，正是静子收到第一封恐吓信的时候。不管怎样，我不能放任不管。

我从静子留在我这里的恐吓信中抽取了意思含糊不清的一页拿给本田看，想让他看看那是不是大江春泥的笔迹。

本田看了一眼之后，便非常确定那就是大江春泥的笔迹。本田还以那文字中形容词和假名的用法进一步确认，唯有大江春泥才能写出那样的文字。

本田不好意思地说，他之前曾经模仿大江春泥的风格写过小说，因此对于大江春泥的文字风格一清二楚。

“他那拖泥带水的写作手法是很难模仿的。”本田笑着说。

我完全同意本田说的这一点。看完春泥写的几封信以后，我明显感觉到了大江春泥散发其中的恶臭。我的感觉甚至比本田的感觉还要强烈。

我随便找了个理由，拜托本田帮我找找大江春泥的落脚处。

“包在我身上了。”本田信誓旦旦地说道。

可我还是觉得不够放心，最终决定前往——从本田口中得知的春泥曾租住过的上野樱木町三十二番地——碰碰运气。

四

第二天一大早，我抛开刚刚写了个开头的小说，前往樱木町。到了目的地之后，我向那附近的女佣和流动小商贩了解大江春泥的情况。果然，本田所言之事，确凿无疑。但是关于大江春泥接下来的去处，我一无所获。

那一带居民较少，但大多是中产阶级，生活在那里的人不像大杂院里的居民一样喜欢东家长西家短地传闲话，因此对春泥家的事情知之甚少，他们只知道大江春泥一家不告而别去了别处。由于大江春泥家并没有挂类似“大江春泥家”这样的牌子，因此附近的人几乎不知道大作家大江春泥曾生活在这里。我甚至连为春泥家搬家的搬家公司都没有找到，因此只能空手而归。

我暂时也想不出别的办法，于是只能在家赶稿子，然后每天打电话给本田询问是否有什么消息。然而，本田那里也一直没有什么进展。就这样，一过就是好几天。正当我和本田束手无策的时候，大江春泥却在按部就班地落实自己的复仇计划。

这一天，小山田静子打电话给我，说她家又发生了令她恐怖的事情，希望我能到她家一叙。静子在电话里说，她丈夫外出了，家里的一些靠不住的用人也被她打发到外面办事去了。静子好像用的不是自家的电话，而是特意用公用电话打给我的。由于她说话时总是犹犹豫豫的，因此她虽然没说多少话，但通话的中间电话却断过一次——因为够了三分钟的时限了。

丈夫不在家，还把家里的用人打发出去了，这种情况下让我前去拜访，如此邀约难道是在暗示什么吗？想到这里，我脑海里一下子充满了某些无法言语的幻想。当然了，我还是清醒的，这并不能代表什么。我答应了静子的请求，随即起身前往静子浅草山的住宅。

小山田家的住宅看上去是一栋旧式别墅，古色古香的，深藏在错落有致的商业街的纵深处。他家的房子后面应该是有一条河的，但是从前面完全看不出来。与房子典雅的外观极不相称的，是房子周围的一圈好像是建成不久的混凝土围墙，墙头插满了防盗用的玻璃碴子。此外，主屋后面的两层西式洋楼也十分扎眼。那围墙和洋楼的样子与主屋典雅的日式风格出入甚大，暴发户特有的金钱气味昭然若揭。

我把名片递进去之后，一个长相甚是质朴的小女佣，带领我来到了西式洋楼的会客厅。静子正在等我，看上去十分紧张。一见到我，静子就一次又一次地为自己的无礼打扰向我致歉。然后，她小声地对我说："你看看这个吧。"说完，她递给我一个信封。她的样子很是恐惧，递给我信封的同时紧张地朝自己身后看了几眼，之后又紧紧挨着我。

不用看也知道，那封信肯定是大江春泥写来的，但是这一次的内容，与之前有所不同。全文照录如下：

静子，我好像已经看到你痛苦的身影。我知道的，你丈夫还不知道这一切。你想要查出我的行踪。我劝你别白费工夫了。没问题，你有勇气将我施加于你的威胁向别人和盘托出，但是即使有警察参与进来，也休想查到我的行踪。你看过我的作品吧？那你应该知道我是一个做事情特别严谨的人。

不和你啰唆了，我前期的小打小闹已经结束了，马上我的计划就将进入第二个阶段。

不过在此之前，我有必要向你透露一点秘密。我对你的言谈举止如此清楚，你知道我是怎么做到的吗？我估计你已经猜出八九分了。怎么说呢？自从再次得知你的行踪，我就和你形影不离。是的，你并没有发现我。但是我一直都在监视你，不管你是外出还是待在家里。我实际上已经成了你的影子。比如现在，你正在读信，你因此瑟瑟发抖的样子，也许此刻正被我尽收眼底，因为说不定我正在某个角落用色眯眯的眼睛看着你呢。

正如你所知道的一样，我每天盯着你，观察你的一举一动，但是我并不能看到你们夫妇亲密的样子。一想到此，我就妒意横生。

说实话，我开始的时候并没有想到我现在还会有如此强烈的嫉妒之心，但是目前看来，我的嫉妒丝毫不会影响我的计划，反而成了我尽快实施复仇计划的巨大动力。

现在，我已经更加清楚我的复仇计划及目的。为了更充分地达成我的复仇计划，我决定对我的复仇计划略加调整。

本来，按照我的计划是对你极尽恐吓、折磨的手段，一点一点让你死去，但是我现在决定稍微调整一下我的计划。

最近，一次又一次目睹你们夫妇的夫唱妇随，我内心十分痛苦。我决定先让你的丈夫死去。是的，我要让你的丈夫死在你的面前，我要让你痛不欲生。

之后，我再对你下手。这样做，我才更解恨。是的，我就是要这么做。

当然了，你不必害怕，我做事一向不慌不忙的。况且，在这封信还未达到充分折磨你的效果之前，我是不会动手的，那样也太便宜你了。

致静子女士

三月十六日深夜

读完这封恶毒至极的信，我后背一阵发凉。那一刻，我觉得我对大江春泥这个禽兽的憎恶程度忽然增加了好几倍。

但是如果我表现得过于紧张，静子该怎么办呢？一想到此，我赶紧佯装镇定安慰静子，我说这些恐吓无非是大江春泥这个小说家的异想天开罢了。

“先生，您的声音再小一点儿。”

静子好像完全没听进去我的劝慰，她的注意力一直在别处，就像是被别的什么吸引了似的。她或是竖起耳朵听，或是瞪大眼睛看，说话时又仿佛怕被人偷听一般声音特别小。她的嘴唇没有一点儿血色，苍白如她当时的肤色。

“先生您说，我是不是精神错乱了？那些事是真的吗？”静子说的话，我有点儿搞不明白。难道她的精神真的出问题了？

“你说的是？”受静子影响，我的声音也压低了好多。

“难道平田真的在这个屋子里？”

“哪里？在哪里？”我不是很明白静子在说什么，因此追问道。

听完我的话，静子站起来，向我招招手，让我跟过去。我不由得有点儿好奇，于是跟了上去。我刚走了几步，她忽然指着我的手表，示意我将手表摘下来，放在桌子上。然后，我们小心翼翼地走过走廊，来到日式建筑里的静子的卧室。拉开拉门的那一刻，静子更加紧张，好像里面生活着什么怪物一样。

“不可能的，现在这大白天的，他怎么可能进来……”

我话还没说完，她就示意我保持安静。她把我带到房间的一角，用眼睛看了看天花板，并且示意我别出声，只用耳朵听。

接下来的十几分钟，我们站在那里一动不动，只是默默对视。

这个房间位于整套房子的最深处，所以虽然是白天，房间里却十分安静，安静到我似乎只能听见耳底血管里血流的声音，此外什么也听不见。

“你没听到类似手表那咔咔咔的走针声吗？”静子悄悄地问我。

“完全没有啊……哪里有表？”

静子没说话，又安静地听了一会儿，然后说道：“这回好像是真的听不到了。”

把我领回原先我们读信的那个房间后，静子紧张地充满恐惧地向我讲述了她奇怪的遭遇。

当时，静子正在客厅里做针线活儿，忽然女佣拿着刚才我们读的那封信进来了。静子心里知道，那肯定是大江春泥的来信，她不由得紧张起来。但是不看信，她更紧张，于是她便紧张地将信拆开读了起来。

信里，大江春泥说决定先对静子的丈夫下手。读到这里，静子十分惶恐。手足无措的她在房间里来回踱步，不知道怎么办。当她来到衣橱前的时候，她仿佛听到了一些虫鸣般的奇怪声音。

她认为，那只有一种可能，天花板上面有人，那声音来自怀表的走针。

静子当时离那个位置特别近，房间里异常安静，加之她当时精神高度紧张，因此听到了那细微得几乎可以忽略不计的金属摩擦声。静子也不敢相信声音是从天花板上面传下来的，或许是像光的折射的原理一样，家里其他地方的钟表的走动声的声波通过折射让人感觉像是从天花板上传下来的一样。但是静子几乎将家里翻了个遍，也没发现有钟表。

接着，静子突然想到春泥在信中这样说："我实际上已经成了你的影子。比如现在，你正在读信，你因此瑟瑟发抖的样子，也许此刻正被我尽收眼底，因为说不定我正在某个角落用色眯眯的眼睛看着你呢。"于是静子仔细观察了一下，发现天花板有个地方正有一块天花板微微翘起来了，露出一道明显的细缝。神经无比紧张的静子左看右看，都觉得那个细缝特别像大江春泥眯缝着的双眼。

“平田，你现在是不是在里面？”

静子完全失控了一样，一边泪流满面，一边朝天花板的那个位置大声喊叫，她就像是一个深陷敌阵的士兵一样准备拼死一搏。

“我是无所谓的，您想怎么着都可以。您就按照您的方式来吧，杀死我，我毫无怨言。但是我请您放过我的丈大。我已经欺瞒了他，现在还要他因为我而死，对他太不公平，我实在过意不去，求求您放过他吧……求求您了。”静子的声音虽然不大，但是感情饱满，其中充满了无奈。但是天花板上，毫无回应。

当静子慢慢恢复平静之后，她就像是一只泄了气的皮球，瘫坐下来。在静子听来，天花板上仍然断断续续传来那样的声音，此外没有任何别的声音。阴兽在那黑暗之中屏神凝气，就像哑巴一样，默不作声。

那诡异的氛围，使得静子再也不敢在家里多待一分钟，她冲了出去，浑浑噩噩，冲到门外也不知如何是好。突然间，他想到了我，于是去了公用电话亭。

听静子讲述自己遭遇的同时，我的脑海里突然出现了大江春泥的一部作品——《阁楼里的游戏》。如果静子真的听到了来自表的声音，如果大江春泥真的藏在静子家的天花板上，那也就是说大江春泥将自己写在小说中的情节付诸实践了。我完全不觉得意外，大江春泥那人干得出这样的事情。

正因为我读过《阁楼里的游戏》，我才觉得我不能不将静子刚才所诉说的一切当回事。想到这里，我也感觉十分恐惧，我仿佛看到那头戴鲜红色的小丑帽子的大江春泥正大腹便便地得意地躲在天花板上看着我。

五

经过一番讨论，我决定模仿《阁楼里的游戏》中的情节，上到天花板上确认一下是否有人进去过；另外，若真的有人进去过——他又是从哪里进出的。静子很过意不去地说：“这样不太好吧，这太委屈您了。”但是，我已经决定了。

然后，我就像个水电工一样，拆下壁橱的天花板，如春泥在小说中描写的那样，只身钻进了那个洞窟。

当时，静子家除了我和静子，就是那个迎我进来的小女佣，再也没有别的人了。小女佣正在厨房里忙活儿，因此我们完全不必担心有人会发现这一切。

我上去以后发现天花板上的世界完全不像春泥在小说中描写得那样美好。静子家的房子虽然是老房子，但是去年年终刚刚清扫过，几乎每一块天花板都清洗过，所以上面不是很脏。但即使这样，在过去三四个月的时间内，已经积累了大量的灰尘，此外还有到处牵牵挂挂的蜘蛛网。此外，上面没有灯，漆黑一片，什么都看不见。

在静子递给我的手电筒的帮助下，我费了好大一番工夫才沿着梁柱爬到了静子所说的地方。那里的确有一道缝隙，大概是因为清洗导致的变形，天花板有点微微翘起来了。通过缝隙，下面的光线冲进来在黑暗的世界里留下了一个光圈，非常明显。我移动了没多远的距离，就发现现实情况真如静子所猜想的一样，上面有人为活动的痕迹，天花板和房梁上都有。

看到那些痕迹，我深感恐惧。当我想到从未谋面的大江春泥像一只毒蜘蛛一样匍匐于天花板上时，我感觉自己的心脏都要从喉咙口跳出来了。

我拖着沉重的身躯，硬着头皮，强忍住恐惧，沿着天花板上大江春泥留下的痕迹一点一点慢慢追踪。我发现，大江春泥留下的痕迹遍布静子家整个府邸。也就是说，大江春泥将静子家整个府邸的天花板都巡游了一遍。而客厅和卧室，可能是由于天花板上的缝隙较多，大江春泥留下的痕迹也比较多。很明显，他在这两个地方长时间待过。

我按照大江春泥在书中所写的情节，通过天花板上的缝隙窥视下面的房间。这时，我才发现大江春泥之所以沉迷于这样的活动，也不是完全没有道理。从天花板上往下窥视，下面的世界简直不可思议，精彩程度远超我的想象。

当我从上面看精神憔悴的静子时，我不禁为之一惊：人这生物，从不同的角度看，差异竟如此之大！

一般来讲，人和人之间见面时总是平时对方，所以无论怎么注意自己形象的人，都无法想象自己被人从头顶看时自己将呈现怎样的形态。

正因如此，从这样的视角，我们能看到人们在梳妆打扮上的一些疏漏。也正是因为有这些疏漏，我们才得以看到一些赤裸裸的毫无掩饰的不甚得体甚至影响美观的地方。比如，静子极具光泽的头发在头顶梳了一个发髻，但是也许是从上往下看的缘故吧，那发髻看上去很是奇怪。更加不堪的是，静子刘海和发髻之间的头发的凹陷处隐隐约约落了一层灰尘。那虽然是很薄的一层灰尘，但是与周围的整齐干净的头发相比，却是极不相称。从静子头上的发髻的后面向下看去，清楚地能看到她的和服和后背之间有一个深深的缝隙，再往里看，隐约可见脊椎骨上凹陷的小窝的横截面。再仔细看，静子后背白嫩丰润的皮肤上那条深红的痕迹一直向下延伸到不可见之处。是的，从这样的角度看静子，有些地方确实给我一种失望的感觉，与她一直以来留给我的印象相距甚远。但是，静子本身拥有的性感却因为这些给了我更加强烈的刺激。

当然了，当务之急是进一步寻找出入天花板上的空间的人就是大江春泥的确凿证据。遗憾的是，我完全找不到清晰的手印或者脚印，当然也就无法搜集到指纹。我判断，正如大江春泥在小说中写的那样，他进出这里的时候一定事先准备好了鞋套和手套。

但是我终究还是找到了一样证物，在静子的起居室的正上方的一根支撑横梁的木头的底部一个非常不起眼的角落，我发现了一颗圆圆的抛光金属材质的纽扣。纽扣上面有几个字母——R · K · BROS · CO · 。看到这些的第一眼，我就想到了大江春泥在《阁楼上的游戏》中提到的衬衫的纽扣。我仔细一看，发现那个东西说是纽扣吧，又有点儿不像，倒是很像什么帽子上的装饰品，但我又不太确定。我下去之后将那个东西拿给静子看的时候，静子完全不知道那是从哪里来的。

接着，我想看看大江春泥究竟是从哪里进到天花板里面的。我沿着那些凌乱不堪的痕迹一步一步寻找，终于发现它们在玄关的储藏室上面消失了。那里的天花板有点儿松动，我轻轻一动，就将那里的天花板打开了。我顺着储藏室里的旧椅子下到了储藏室里。然后，我试着从储藏室里想要将门打开，结果那门并没有上锁，我一下子就打开了。储藏室门外，就是那一道只比人高出一点点的混凝土围墙。

如此一来，就真相大白了。由于这里平时几乎没什么人来，于是大江春泥便通过这里的围墙进到了静子家。那围墙上面虽然有很多防盗用的玻璃碴子，但是对于大江春泥这样的人来讲，这些都算不得什么。然后，大江春泥通过这里的储藏室进到了天花板上。

一切水落石出了，我倒是有些兴趣索然了。原来大江春泥也不过如此，净玩一些小孩子的伎俩。我心里的恐惧感已经消失得无影无踪了。我甚至开始有点儿蔑视大江春泥的这些小把戏了。但是事后证明，我如此轻看大江春泥实在是大错特错。

静子得知这一切之后，十分害怕。她甚至提出，如果自己不能代替丈夫去死，那么还不如将一切和盘托出，然后请警察来帮忙。当时我对大江春泥的行为十分鄙视，完全没觉得他能搅起什么大风浪，于是连忙劝说静子没有必要牺牲这么多。

《阁楼里的游戏》中的罪犯将毒药从天花板上放了下来，我感觉现实生活中不会发生如此荒唐之事。即使能爬到天花板上，也并不表明他能杀得了人。他如此这般恐吓静子，把静子搞得精神恍惚，六神无主，完全是虚张声势，这难道不是他一贯喜欢做的事情吗！太幼稚了！

大江春泥不就是一个小说家吗？他还能有啥能耐？我这样劝说静子。另外，为了消除静子的紧张和恐惧情绪，我说我会派一个朋友每天晚上紧紧盯着储藏室那里的围墙。

静子说，洋房里面是没办法从天花板上进行偷窥的，而那里的二楼有一个本来是给客人休息的卧室，她准备找个借口，让丈夫同意他们晚上暂且住到那里去。

我们商量好的两个对策第二天就付诸实施了，但是这并没有阻止阴兽大江春泥疯狂的复仇行为。两天之后，也就是三月十九日深夜，小山田六郎气绝身亡。正如他在给静子的信中所写的一样，大江春泥先对小山田下手了。

六

大江春泥在写给静子的信里曾有这样一句话："当然了，你不必害怕，我做事一向不慌不忙的。"但是为什么仅过了两天，他就对小山田下手了呢？难道那封信只是为了迷惑静子，让她放松警惕，然后出其不意？我感觉事情并不这么简单。

也许，静子听到表针声的时候，大江春泥就在天花板上面。当时，静子情绪失控，对着天花板大声呼喊，让他放小山田一马。静子如此表现可能一时激怒了大江春泥：你们如此恩爱，那我就成全你，马上付诸行动。再加上大江春泥发现自己的行为已经被发现，于是一气之下加快了推进计划的速度。其实，我当时听静子那么大声地喊，就感觉十分不妥。

总而言之，小山田的死亡极其不正常。

接到静子的通知后，我在那天的傍晚时分赶到了静子家。然后，我得知了小山田之死的离奇始末。

小山田死亡的那天，静子并没有觉得有什么异常。那天，小山田下班的时间比以往稍早一点儿。晚饭之后，小山田说要到河对岸小梅町的朋友家去下棋。当天天气比较暖和，小山田只是在夹衣外面加了一件小褂子，便出门了。当时应该是晚上七点左右。

由于没多远，小山田是步行去的，他绕过吾妻桥后，一直沿着向岛的堤坝向前走就到达目的地了。

小山田一直在朋友家待到了晚上十二点。然后，他徒步离开。一直到这时，小山田的行踪都是有迹可循的，但是这以后就没有消息了。

静子在家里等了一晚上，都没有小山田的消息，十分紧张。一想到大江春泥写给她的那封信，她更是心急如焚。完全等不到天亮，她就打电话到丈夫可能前去拜访的各种地方以探听丈夫的消息，但是一点儿有价值的消息都没有。此期间，她也曾打电话给我，但是凑巧我那天并不在家，直到第二天傍晚才回来，所以对这些毫不知情。

很快，小山田上班的时间就到了。公司里的人也在四处寻找小山田，但是毫无结果。

直到中午的时候，象泻警察署打来电话说小山田已经离奇死亡。

吾妻桥的西面，雷门电车车站北面的堤坝下面，有个汽船码头，那里的汽船往来于吾妻桥和千住大桥之间。这个地方大约从一分钱船票时代起就已经是隅田川的特色建筑了。我经常在这里乘船来往于言问和白须之间，即使没什么事情，也是如此。那些船上经常有一些兜售图画书和各种小玩具的商贩。小商贩们的叫卖声像极了无声电影院里的解说员的声音，一唱一和地应和着螺旋桨的声音。我十分喜欢这些古色古香的场景，经常对此流连忘返。

更有意思的是那汽船的码头，四四方方的，漂浮在水面，候客室里的椅子以及客用的卫生间，永远都是摇摇晃晃的。我曾经在那儿上过一次厕所——勉强称其为厕所吧。那厕所面积很小，只有夫人们用的箱子的一半大小，木质地板上凿了一个洞，洞口往下不多深就是奔腾不息的流水。这种厕所很像火车或者轮船上的厕所，不会囤积脏东西，倒是很干净。但是洞口之下就是另一番景象了，不时有各种垃圾就像显微镜下的微生物一样从洞口的一端轻轻滑出，然后慢慢消失在洞口的另一端。这种景象常常让我莫名地心生恐惧之感。

三月二十八日早晨八点左右，浅草寺商业街上一个店铺的老板娘打算乘船到千住去办事。在登船的间隙，她去了一趟厕所，但是她刚一进到厕所便尖叫着飞奔出来。检票口年长的男子问她怎么回事？年轻的老板娘说厕所下面的蓝黑色的水面上有个男子偷窥她。

此类有点儿类似恶作剧的风化事件之前时有发生，因此年长的男子并没有太在意，但他还是进到厕所里看了看。然而，他看到的一幕完全出乎他的意料，距离厕所洞口约一尺的水面上有一张人脸在随着水波晃动，时而露出一张脸，时而露出半张脸，看上去就像是上了发条的玩具一样，十分可怕。年长的男子事后说，此生从未见过如此骇人的景象。

那分明是一具尸体，年长的男子立时慌了，赶紧招呼码头上的年轻人前来帮忙。候船室里鱼店的伙计也非常热情地过来帮忙。但是从厕所的洞口，不可能将尸体打捞上来。因此，他们只能用长竿将尸体推到宽敞的水面再打捞。

死者四十岁左右，相貌堂堂，但是奇怪的是全身赤条条的，只穿着一个裤衩。看那样子，不像是因一时兴起到这里来游泳然后溺亡的。再仔细一看，死者的背部好像有被刀刺伤的痕迹。从溺亡的角度来看，死者并没有呛多少水。

很明显，这应该不是溺亡事件，而是杀人事件。现场一片骚动。而打捞尸体的时候，又发生了一件更加奇怪的事情。

接到报警之后，花川户派出所的警员很快赶到了现场。然后，在警员的指挥下，码头上的年轻人尝试抓住死者乱蓬蓬的头发用力往上拉。结果，死者的头发一下子被扯了下来。太恶心了，现场的人们连声尖叫。死者应该是刚死不久，头发不至于完全脱落，真是不可思议！警员上前仔细一看，结果发现那是一顶假发，死者本身是秃头。

死者正是静子的丈夫，碌碌商会董事长小山田六郎。死者的惨状，不忍目睹。死者死后被扒光了衣服，并被套上了假发，然后才被扔到了吾妻桥下。死者虽然是在水中被发现的，但是并没有呛水，致命伤是后背左肺部的利器伤，此外还有一些浅浅的伤口。由此看来，凶手用刀刺了死者好多次。

根据法医的验尸结果，死者死于凌晨一点多。由于死者没有穿衣服，也没有找到随身物品，因此警方一时间确认不了死者的身份，甚是为难。中午时分，一个认识小山田的人指认死者是小山田。警方这才赶紧打电话到碌碌商会。

傍晚时分，当我赶到静子家时，她家里挤满了人，有小山田六郎的亲戚，有碌碌商会的人，还有小山田的朋友，一片混乱。当时，静子也是刚从警察局回来，身处这一大群人的包围之中，手足无措，一片迷茫。由于警方还要对尸体进行进一步的检验，因此小山田的尸体并没有在家里。

家人们在佛坛前用白布覆盖的桌子上摆满了临时赶制出来的牌位及各种焚香和鲜花，以供奉死者。

直到这时，我才从静子和周围人的口中得知了小山田的尸体被发现的经过。对于小山田的死，我是不是也要负责？一想到这里，我不禁有点儿愧疚。看来是我太小看大江春泥了，前几天静子想要报警，我还极力阻止，实在是太不应该了。如果我不阻止静子报警的话，是不是也不会发生这般不幸之事呢？

我认为大江春泥就是这起案件的凶手，此外还能是谁？大江春泥肯定是趁小山田六郎离开小梅町的朋友家，路过吾妻桥的时候，伺机袭击了小山田，将其杀害，并将其尸体扔到了河水中。想起本田曾说在浅草一带看见过春泥出没，从时间上看也十分吻合，我更加确定凶手就是大江春泥。更别说，他还写信给静子说要对小山田六郎下手。

但是，我想不通的是，小山田为何全身赤裸？更不可思议的是，他还戴着一顶假发，这是为什么呢？这也是春泥所为？他何苦如此？

有些事情，只能由我和静子两个人讨论。我找了个机会，示意静子跟我到一个没有人的房间去。静子正巴不得呢，朝在座的客人示意了一下，然后匆匆跟着我走了出来。等没有别人在场的时候，静子轻轻唤了我一声："先生，怎么办呢？"然后直扑进我怀里，并用眼睛紧紧地盯着我的胸口。

她眼睛有一些浮肿，长长的睫毛忽闪忽闪的。忽然，一颗泪珠儿从她的眼眶里掉出来，然后顺着她的青白青白的脸颊快速滑落。接着，便一发不可收了，一颗一颗的泪珠，止也止不住地往下掉。

“我真的不知道说什么好。是我太疏忽了。我真的没有想到那家伙这么恶毒。我大意了……我大意了……”

我十分难过，我握住静子的手，不住地对静子表示歉意。这是我第一次直接接触静子的肉体。虽然是在那样的境况下，但我还是感受到了静子那娇弱、温暖且充满弹性的手独有的性感。那种感觉至今仍留存在我脑海里，从不曾消失。

“对了，你和警方说起那封信了吗？”

静子的情绪稍微缓和之后，我问道。”

“没有，我真的不知道怎么办。所以……我……”

“你没说是吧？”

“是的，我打算先跟先生您交流一下，再做决定。”

说话期间，我一直握着静子的手。静子不仅完全没有反抗，反而将身体轻轻依偎在我身体上。我到现在想起来都觉得很是奇怪。

“你也觉得应该是春泥那个家伙干的，对吧？”我说。

“是的，昨晚其实又发生了一件怪事。”静子回复道。

“什么事？”我赶紧追问道。

“根据我们商量的对策，我们暂且搬到西洋楼的二楼就寝。我想，这下好了，再也不用担心有人会偷窥我们了。但是，我感觉，他似乎还是在偷窥我们。”

“在哪里偷窥？”

“窗外。”静子回答道。

静子好像又想起了当时的情景，眼睛睁得大大的：“昨夜十二点左右吧，我已经上床就寝了。但是那么晚了，我丈夫还没有回来，我很担心。那个西洋楼的天花板非常高，因此房间显得特别空旷。我一个人待在里面，有点儿害怕，于是我便仔细地将整个房间观察了一遍。窗户上的百叶窗有一段放不下来，下面有一个巨大的缝隙。通过那个缝隙，我在屋子里能看到外面黑漆漆的夜色。不知怎么，我越是往外看，我越是害怕。忽然，我发现那里出现了一张模糊的脸。”

“你确定没有看错？”

“虽然那张脸只是闪了一下便不见了，但是我看得非常清楚。我觉得那不是幻觉。我看到一头蓬松的头发紧紧地贴着玻璃，眼珠子一直在动，好像在盯着我看。现在想起来，都后怕。”

“你觉得那是平田吗？”

“除了他，还会有谁能做出这样的事情来呢？”

如此一来，我们更加确定杀害小山田六郎就是大江春泥。他的下一个目标肯定是静子。看来我们必须寻求警察的帮助了。

负责此案的检察官系崎是我的老熟人，因为他是我们猎奇会的会员。猎奇会是由侦探作家、法医和法律专家组成的猎奇小组。系崎完全将我当成了一个前来拜访的老友。否则的话，如我和静子同去所谓搜查本部——象潟警察署汇报情况的话，我们和系崎的关系只能是检察官与被害人家属之间的那种正式的关系。系崎认真地听取了我和静子对我们所知道的很多事情的介绍。

对于我们反映的情况，系崎非常惊诧，简直不敢相信我们所说的。但是他好像也十分感兴趣，不停地向我们保证，他一定会追查到大江春泥的行踪。同时他也表示，会特别派人时刻关注静子家附近的情况，并且一定会保护好静子。

由于大江春泥真正的长相与人们传言中的有很大的出入，我建议警方找博文馆的本田来具体了解一下。

七

接下来将近一个月的时间，警方都在想方设法搜寻大江春泥。我也没有停下寻找大江春泥的脚步。我到处拜托各种记者、编辑，向他们打听大江春泥的消息。但是大江春泥就像是从这个世界上消失了一样，无影无踪。

我十分不解，大江春泥能去哪里呢？若他是一个人，消失得这么彻底也就罢了，但是他还有他的太太呢。难道他真如检察官怀疑的那样远逃海外了？

还有，小山田死后，静子再也没有接到类似以前的恐吓信。难道仅仅是因为害怕警察的搜寻而放弃了自己的复仇计划？要知道，他的主要目标可是静子。实际上，这一切情况，像他那么深谋远虑的人事先肯定已经预料到了的。这样说来，他肯定还潜藏在东京的某个地方，一有机会她还是会来找静子复仇的。

无奈之下，象潟警署署长派人调查大家已知的春泥的最后的住处——上野樱木町三十二番地。我之前也这样干过。警察果然有一手，很快便查到了给春泥搬家的搬家公司。那是黑门町的一个小店，相距甚远。这样一来，警察就根据这一线索一个接一个地往下追查大江春泥的去处。

根据警方的追查结果，大江春泥离开樱木町后，先后搬往本所区柳岛町、向岛须琦町等地方，这些地方的环境一个比一个差。最后，大江春泥搬到了须琦町。在那里，他租了一间房子。那间房子位于那里的两个工厂之间，看上去很像是工厂的工棚。

据说，大江春泥是案发前三个月左右开始居住在那里的。警方找到那里的时候，大江春泥按说应该还在那里。但是房间里除了厚厚的灰尘，别无他物。由于两边都是工厂，警方到附近去打探消息的时候，什么消息也没有得到。

博文馆的本田原本就对犯罪、侦探很感兴趣，这一次这么好的机会怎么能轻易放弃？又因自己曾在浅草公园偶遇过大江春泥，因此在工作之余也兴奋地参与到案件的侦破工作中来了。

因为曾在浅草公园附近见到过大江春泥散发传单，本田于是联系了附近的好几家广告代理公司，向他们打听是否雇用过像大江春泥一样长相的人。

遗憾的是，广告公司只是回复说他们雇用过浅草公园附近的流浪汉，况且很多时候只是雇用一天，流浪汉工作的时候还要换上统一的服装，至于具体长相真的没有人能记得起来。“你要找的人肯定是那些流浪汉中的某一个。”广告公司无奈之下只能这么回复。

本田不肯就此罢休，经常在晚上来到浅草公园认真搜寻那些黑漆漆的树荫下的长椅，想要碰碰运气。他甚至在那些流浪汉可能留宿的地方附近的小旅馆住下，然后想方设法和里面的住客打成一片，想要从他们嘴里打听大江春泥的下落。为了找到大江春泥，本田真的是吃了不少苦头，但是他没有任何收获，别说找到大江春泥了，连一点点儿有价值的线索都没有得到。

本田每个星期都会来见我一次，绘声绘色地给我讲述他艰难地搜寻大江春泥的过程。有一次，他仍然笑得像个财神爷似的给我讲了这样一件事情。

“寒川先生，我最近看了几场杂耍，然后有了一些奇怪的想法。你知道的，最近特别流行蜘蛛女之类的魔术表演。表演中，要么是只见身体不见人头，要么是只见人头不见身体。演员一般都是女的。准备一个长箱子，箱子被分成三部分——三个格子。其中两个格子里分别是身体和腿，而应该有人头的格子却什么也没有。观众看到的效果是，仿佛有一具无头女尸躺在箱子里，但她的手脚是可以活动的，表明她是活着的。我看了这样的魔术后，心里说不出的难受。其实我知道，这游戏很幼稚，难度很小，只需要一面镜子，以使后面看起来像是空的似的。”本田说道。

“只是，我最近从牛込的江户川桥去传通院，在路上，我看了一次类似这样的无头杂耍魔术。魔术伎俩无甚差别，只是演员稍有不同，他们的演员是个男的。那个男演员胖墩墩的，穿着红色的闪着黑光的小丑服。”本田一边讲着，一边注意着我的表情变化。他还故意停顿了一下，并且装出十分紧张的样子。当确认我对他所讲的内容十分期待之后，他才继续讲起来：

“你明白我的意思了吗？我是这么看的，一个既能在众人面前暴露自己的身体却又行踪不定的人，和我刚才所说的魔术表演中的演员是不是有很多相似之处？他只要将自己最典型的标志——脑袋隐藏起来躺上一天即可。大江春泥这样的人，是不是最容易想到这样的遁世法？并且，大江春泥的小说中经常写到这些杂耍题材，他非常迷恋这些伎俩。”

“那么，接下来呢？”我迫不及待地想听下文。但是我也知道，如果本田已经得知大江春泥的下落，那么他肯定不会如此镇定。

本田接着说道："我想到这一点之后，立马跑到江户川桥那里。幸亏那样的表演还在继续。我买票后，进到内场，站在那无头男子面前，想方设法想要看清楚他的脸，但是都没有成功。后来我想到，他这样表演一整天，总得上几次厕所吧，所以我就一直在里面等。我等了好久，一直等到其他观众都走完了，只剩我一个人了，我还在等。忽然，那无头人朝我拍起手来。

"我一下子被搞糊涂了。这时，有一个负责解说的人，走过来对我说，他们要休息一会儿，让我出去等。我想肯定是演员要上厕所了，因此我走出去绕到帐篷的后面，通过帐篷上的一个缝隙往里看。果然如我所料，那个无头人，从箱子里钻出来后，跑到一个角落迫不及待地撒起尿来。当然，这时候他是有头的。真是笑死我了，原来他刚才朝我拍手，是示意要我回避一下，他要撒尿了。"

"你这是在逗我玩吗？"听到这里，我不免有点儿失望。

看我有点儿生气了，本田赶紧给我解释道："那家伙完全不是大江春泥。是我想多了。实在惭愧。"

本田略有失落，正如我们搜寻大江春泥的行动一样，毫无进展，一点希望都没有。

这里，我要补充另外一件奇怪的事情。想到小山田死的时候头上戴着一顶假发，于是我便到浅草附近卖假发的商店做了一番调查，还真的在千束町一家名叫松居的假发店找到了一模一样的假发。但是店主告诉我，假发的购买人是小山田六郎，并不是什么大江春泥。这真的太离奇了。这会不会成为破案的一个线索呢？

店主非常确定假发的购买人是小山田六郎，他还将小山田六郎的长相仔仔细细地给我描述了一遍。此外，他还非常肯定地说，假发做好以后是小山田六郎亲自来取的，那大概是去年年底的时候。店主说，小山田六郎之所以要戴假发是为了遮盖自己的秃头。但是身为小山田的妻子的静子为什么没有看到过小山田戴假发呢？我有点儿糊涂了。

小山田死后，静子与我的关系越来越亲密。我理所当然地出于保护静子的目的，帮她处理各种事情，她有事情也是首先找我商量。小山田的家属了解到我曾帮过静子那么多，还曾到天花板上搜寻嫌疑人的踪迹，也不好意思疏远我。而检察官系崎也巴不得有人帮他分担，经常站在我的立场上为我说好话，还提议我经常到静子家看看，并要多注意一下周围的情况。这样一来，我出入静子家便成了顺理成章的事情。

而对于静子来说，第一次见面就对我印象不错，还是我的忠实读者，外加上我们一起面对了这许多事情，她慢慢地对我越来越依赖。这好像也是理所当然的事情。

在这样的过程中，静子身上原本遥不可及的热情以及虚无缥缈的性感，在我面前变得越来越现实。尤其是有一次，当我在她的卧室里看到一把外国进口的小马鞭时，我那压抑已久的欲火忽然间熊熊燃烧起来。

“你先生会骑马？”我甚是唐突地问了这么一句。

静子突然间被这么一问，一下子没回过神来。当看到我所指的马鞭时，她脸上掠过一丝紧张的神情之后，随即被通红的羞怯所替代。

“没有。”她声若游丝地回了我一句。

实在是没有想到！我这时仿佛才弄明白静子脖颈上的红色痕迹是怎么回事。回想起来，每次看到的静子脖颈上的红色印痕，好像都不是很一样。我并没有深究过。但是我实在没有想到那温文尔雅的秃头小山田六郎竟有如此倾向。

另外，小山田死后，静子脖颈上的红色印痕慢慢消失了。这样一来，即使静子不说什么，我也明白几分了。

但是——关键的是——当我无意中得知这一切，我内心忍耐已久的躁动竟然更加张狂。我有点不敢面对，难道——和小山田一样，我也有那样的变态倾向？

八

四月十二日是小山田六郎的忌辰。静子请来丈夫的亲友为丈夫祈福。我也在受邀之列。那天晚上发生的两件事，我终生难忘。尽管这两件事，性质不同，但是正如后面我们将要了解到的一样，它们有某种神奇的联系。

客人逐渐离开之后，我和静子在阴暗的走廊里聊了一会儿，主题当然是如何搜寻大江春泥。十一点多时，我起身告辞。由于用人都在，这么晚了，我肯定得赶紧离开。静子给我叫了出租车，并要亲自送我上车。当我们在庭院的走廊里往外走的时候，我看到有几扇玻璃窗开着。当我们经过其中一扇玻璃窗的时候，静子突然扑到我怀里，并大声尖叫了一声。

“怎么回事？”我连忙问道。

静子一只手挽着我的胳膊，另一只手指着玻璃窗。

我立马想到了大江春泥，不禁紧张起来。但我仔细一看，发现不过是窗户外面的院子里的树丛之间有一条白狗弄出了一点儿声响。

“那只不过是一条狗，没什么可怕的。”我忙安慰静子。

发现只是一场虚惊之后，静子仍然用一只手挽着我，一股暖流随即传遍了我的全身。我再也控制不住自己了，一把抱过她来，一下子吻住了她那有一只虎牙微微翘起的像蒙娜丽莎一般性感的嘴唇。

不知道是幸运还是不幸，静子完全没有拒绝的意思，我甚至感觉她紧紧地抱住了我。

可能是因为当天是小山田的忌辰，所以我们都觉得这样做有点儿不合适。直到我钻进出租车，我们一句话都没有说，只是尴尬地自顾自地看向一边。

一路上，我脑子里尽是静子的影子，完全无法摆脱。我嘴边仿佛残留着静子的唇印，我怦怦跳着的心脏好像仍然残留着静子的余热。

我心里既紧张又兴奋，其中的矛盾，犹如复杂的针织图案纵横交错。窗外的景致，我完全没有注意，我甚至不知道车是在往哪里行驶。

忽然，有一个奇怪的小物体映入了我的眼帘。当时，我满脑子都是静子，所以我的眼睛只关注着眼前极近的地方。而就在我视线所及，有个晃来晃去的小物体一下子引起了我的注意。刚开始的时候，我并不在意，但是慢慢地，我越来越觉得不对劲儿。

为什么这个物体会引起我如此强烈的关注呢？我在脑海里搜索着。很快，我突然明白过来，原来我是在为这两个物体神奇的巧合而惊诧不已。

我前面的司机身材魁梧，身着藏青色旧风衣，正弯着腰，目视前方，认真地开车。我的视线越过他宽厚的肩膀，落在他硕大的手上。他那戴着一双与他身份极不相称的高档手套的两只手正在方向盘上动来动去，控制着方向盘。那双手套不仅与他的身份相去甚远，而且与眼下的时令也极不相称，那是一双适合冬天带的手套。这是我突然注意到这双手套的第一个原因。其次是手套上的装饰用的纽扣。那一瞬间，我恍然大悟，原来我在静子家天花板上发现的纽扣来自嫌疑人的手套。

关于那颗纽扣，我和系崎检察官提到过。但是当时我们已经判定这一切都是大江春泥干的，因此也就没有把那颗纽扣放在心上，包括我——也是如此。对了，那纽扣应该还在我马甲的口袋里。

我当时完全没有想到那纽扣来自手套。现在想来，罪犯是戴着手套上到天花板上的，以免留下指纹。罪犯可能是一不小心将手套上的纽扣掉在了上面。这虽然是我的猜想，这完全有可能。

让我吃惊的是，司机的手套上的纽扣不仅证实我在静子家天花板上捡到的纽扣来自手套，而且司机手套上的纽扣和我在静子家天花板上捡到的纽扣几乎一模一样。更加不可思议的是，司机右手的手套上的装饰纽扣居然不见了，只剩下了底座。我想，如果我捡到的纽扣正是来自司机右手的这只手套，那将意味着什么呢?

“您好，”我招呼司机道，“您的手套能给我看一下吗?”

司机有点儿被我搞糊涂了，一脸疑惑，但还是减速，并将手套递给了我。我接过手套一看，左手手套上的那颗纽扣上面有这样一行字母——R · K · BROS · CO · ——和我所捡到的纽扣一模一样。我简直惊呆了，心里莫名感到一阵恐惧。

司机将手套给我之后，仍旧认真地开着车。我看着他健硕的后背，脑海里浮想联翩。

“大江春泥……”

我故意自言自语地说出了这个名字，然后我赶紧通过驾驶席上的反光镜观察司机的表情变化，毕竟大江春泥不是罗宾那号人物，司机的表情没有任何变化。

我下车的时候，给司机的小费比平时多了很多。然后，我问司机："你手套上的扣子是什么时候丢的？"

"我得到他的时候，这里就没有扣子，"司机当然不明白为什么我对这副手套这么着迷，"小山田夫人已经去世的丈夫送的。他和我说，扣子虽然丢了，但还是可以用的。还挺新的呢。"

"小山田夫人？就是刚才那个小山田大人？"我连忙问道。

"是啊，小山田先生在世的时候，上下班都是我接送的。所以他们很是关照我。"司机说。

"什么时候的事？"

"那时候天还冷呢，但是我一直舍不得带，老放着，都有点儿旧了。我今天第一次戴。戴上手套，方向盘就不那么滑了。你为什么问这个？"

"有一点儿个人的原因。你能把这副手套让给我吗？"

我用高价从司机手中买下了这副手套。回到家后，我拿出我在静子家天花板上发现的那颗纽扣，一比对，发现分毫不差。

会不会是巧合呢？大江春泥和小山田六郎戴同一个品牌的手套，且他们的手套同一个位置都丢了一颗纽扣，有没有这种可能？不过这都是后话了。

后来，我把手套拿到银座的泉屋洋货鉴定店鉴定。店老板说，手套的做法国内基本没有，应该是来自英国。店老板说，名叫R · K · BROS · CO · 的商会在国内根本没有分会。小山田六郎以前在国外生活过，那这双手套的所有人很可能就是小山田六郎。而将纽扣弄掉的人也很可能是小山田六郎。我感觉，大江春泥应该不会有这样的手套。这种巧合完全不存在。

话说回来，这意味着什么呢？

我坐在书桌前，脑海里一遍一遍梳理着这些事情。我绞尽脑汁，只想从这中间找出一点儿新的线索。

忽然，我有了一个想法。山宿町是沿隅田川建立的细长形小镇，而小山田府邸也是沿河修建的。我曾不止一次站在小山田家的洋房里远眺隅田川。此时此刻，当我想到这一点的时候，我忽然觉得如此不寻常。这其中应该有些事情是值得我深深思考的。

接着，我原本茫然的脑海里突然现出了一个大大的U字。U字的左上部是山宿，右上部是小梅町——小山田六郎的棋友的家里。而U字形的底部是吾妻桥。我们一致认为小山田是从U字形的右上部走出以后，来到U字形的底部——吾妻桥——时被人杀害的。但是我们可能都忽略了一个重要的因素——水流。隅田川的水流是从U字形的两端向底端流动的。小山田在上游遇害之后，被人扔进河里，尸体顺着水流来到了吾妻桥。

有没有这样的可能？相较于小山田在吾妻桥附近遇害的推论，我觉得我刚刚的推论更合理、更科学。

但是，这样一来，疑问接踵而来，小山田是在哪里遇害的？凶手究竟是在哪里作案的呢？我百思不得其解。

九

接下来，连续好几个晚上，我都因为这些事翻来覆去睡不着。

在这个案子面前，静子的魅力竟然黯然失色。我似乎完全忘记了静子，每日沉浸在案件的迷雾之中不能自拔。

最近，我也找过静子几次，目的是向她核实几件事情，但是我每次都是达成目的以后就赶紧离开。静子一定觉得非常奇怪，每次送我到门口的时候，脸上都挂着寂寞的神情。

在过去的五六天时间里，我为我的推理构建了一个庞大的架构体系。为省去叙述上的烦琐，再加上我给检察官系崎写了一份关于这个案件的意见书，于是收录如下，就当作我对于这个案件的最新的思考结果吧。如果没有一个优秀的侦探作家必须具备的素养，我是不可能做到这一点的。不过，到后来，我才发现这其中还存在另一层更深刻的意义。以后详谈。

（此前略）

自从得知我在静子家天花板上得到的纽扣只有可能来自小山田的手套，我不由得一遍又一遍地想起这些日子一直萦绕我心头的很多疑惑，比如：小山田的尸体上戴着假发；假发是小山田自己购买的，至于尸体为什么赤裸，我稍后会提到，在这里先不谈；小山田遇害之后，大江春泥的恐吓信再没有寄来；小山田是我们大家都想象不到的性虐待爱好者；等等。表面上看，这些事件好像都是巧合而已。然而，只要仔细想一下，我们不难发现它们之间其实是有某种联系的。

意识到这一点之后，为了证实自己的推论，我就尽可能多地去搜集各种线索。

我首先去了小山田家。征得小山田夫人的同意之后，我来到了小山田先生生前使用的书房。我感觉书房最能看出一个人的性格以及隐私。小山田夫人也许会为我的行为感到好奇，我也顾不上了。我用了将近半天时间，将书房里的各种书柜检查了个遍，连抽屉我都挨个儿拉开看过了。但是有一个书柜用一把锁锁得紧紧的。经过询问，我得知，书房里的所有书柜的钥匙，小山田先生都是随身携带的。他遇害的那天也是如此，他是将钥匙挂在腰间才出门去的。我想方设法才说服小山田夫人同意我将那个书柜打开。那个书柜里面装的东西分别是小山田多年来所写的日记，好几袋文件，以及很多书信和书籍等。

在这些东西中，我发现了三个与此案有关的东西。第一个便是小山田夫妇结婚那年，小山田写的日记。在婚礼前三天的一篇日记旁边，用红笔写着这样几行字：

（此前略）我已经得知平田一郎之前和静子之间的事情。但是静子突然改变心意，平田费尽心思也没有挽回静子的心。之后，静子随负债累累的父亲迁居他处，从平田眼前消失。好吧，我既往不咎。

这样看来，小山田迎娶静子之时就已经知道平田和静子之间的事情了，但是他并没有太当回事。

第二是大江春泥的作品《阁楼里的游戏》。这本书出现在小山田的书房里，让我真的很惊讶。直到静子说小山田生前很喜欢看小说，我才稍微能接受这个现实。当然我也注意到了，那本书的扉页上有一张珂罗版大江春泥肖像，扉页有平田一郎的署名。

第三是博文馆出版的《新青年》杂志。我看了一下是第六卷第十二号。这一期杂志里面并没有大江春泥的作品，但是卷首的插页有半张大江春泥的手稿的照片，尺寸和原稿一样，旁边配有文字：大江春泥真迹。

让我吃惊的是，将那张照片迎着光仔细一看，明显地能看出那厚厚的铜版纸上有很多纵横交错的痕迹。莫不是有人以此为模板在试着模仿大江春泥的笔迹？也就是说有人拿纸放在上面，然后用笔在纸上一点一点地描。

我很担心我的很多想象最终命中现实。

也是在那一天，我让小山田夫人找一下小山田先生从国外带回来的手套。小山田夫人翻箱倒柜，折腾了好久，终于找出了一副和我之前得到的那副手套一模一样的手套。

小山田夫人将手套交到我手里的时候，脸上充满了狐疑的神情。她说，应该还有一副一模一样的手套的，可是没找到。

我想说的是，我以上提到的这些证据，比如手套、大江春泥的作品集、杂志、日记以及我在天花板上捡到的纽扣等，只需您一声吩咐，我随时可以提供给您。

当然，我还搜集了很多别的线索。但是在这之前，我们单是根据已知的这些线索，完全可以想象小山田六郎是一个多么可怕的人！他完全是一个可怕的虐待狂！在他温文尔雅的外表下面，实则藏着一副可怕的嘴脸。

现在，纵观所有，我们不难发现，我们将太多注意力都给到大江春泥了！这也许是一个误区。尽管大江春泥写了太多非常血腥的作品，尽管他的生活状态太过异于常人，尽管……但是我们就此认为我们就此案所知道的一切行为非他而不能为，是不是有点过于轻率？到目前为止，他行踪仍然难觅，他是怎么做到的？他如果真是凶手，是不是有点儿太奇怪了？说不定他是清白的。而且，正因为他喜欢独居的性格——越是出名恐怕越是如此——他选择离群索居，因此我们的搜寻才总是以失败告终。当然，也有这种可能，如你所说，他逃到了海外，比如他此刻正在上海某个弄堂里抽水烟也说不定呢。如果春泥真的是那个人，他花那么多精力和时间设计出来的犯罪计划，为什么会在小山田死后突然中止了呢？他的主要目标不应该是小山田夫人吗？读过春泥作品的人，了解春泥秉性的人，一定都会觉得这不大正常。

还有，我一直想不通的是，大江春泥是如何将小山田特有的手套上的纽扣掉在天花板上的？而且，小山田的手套是日本没有的，小山田将其送给司机的时候纽扣就已经不在了。从这几点来看，我们不难得出这样的结论，进入小山田家天花板上的人是小山田六郎，而不是大江春泥！

也许，你会反问我，如果是小山田，他为什么会将手套——如此重要的东西送给出租车司机呢？关键是，他并没有犯罪——后面还会讲到，他只不过是喜欢一种变态游戏罢了。所以手套上的纽扣掉了对他来讲有什么影响吗？完全没有！他完全不用担心这会成为证据，他完全不必担心手套上的纽扣掉在天花板上意味着自己到过天花板上面。

能否定春泥是罪犯的证据不止这些。上面我提到的小山田的日记本、大江春泥的作品集以及那本《新青年》杂志都是在小山田的书柜里发现的，而书柜的钥匙只有小山田有，且他是随身携带的。这一点也足以证明小山田就是这场恶作剧的始作俑者。再说了，大江春泥这号人绝对不会嫁祸他人。况且，有些东西他也无法伪造，比如小山田的日记；即使他能伪造得了，他也放不到小山田的书柜里去啊，那柜子只有小山田能打得开。

这样看来，一直被我们理所当然地认为是本案罪犯的大江春泥很可能与本案毫无关系。有点不能接受对吧？但这也许就是事实。小山田极具欺骗性的手段迷惑性太大了！以致我们曾那样确认大江春泥就是罪犯。富甲一方的绅士小山田居然是手段如此阴险之人！外表温文尔雅的小山田在卧室里居然有另外一副丑恶的嘴脸，居然用外国马鞭残忍抽打楚楚可怜的静子，真的是难以想象。但这也是正常的，这世上人面兽心之人比比皆是。也许，正如人们所说，外表越是温厚纯良，内在越是心如蛇蝎。

小山田旅欧期间曾在伦敦等三四个城市逗留了两年时间。他的特殊癖好也许是在其中的某个城市养成的。我曾经从碌碌商会的一个职员那里听说过小山田在欧洲期间的风流韵事。总之，我是这么理解这个事情的。前年九月，小山田回国后，将自己无法压抑的怪癖发泄在了自己曾一度溺爱的夫人静子身上。我去年十月初次见到小山田夫人的时候，曾亲眼看见她脖颈后面触目惊心的伤痕。

小山田所染上的这种恶心，就好像吸食吗啡一样，容易成瘾，以致追求更加新奇的刺激感，今天将无法用昨天的方式获得满足，而明天则会觉得今天的刺激索然无味。小山田自然也是这样。每天用鞭子抽打自己的妻子静子已经完全无法满足自己的私欲，小山田急需追求更加新鲜的刺激。就在这时，小山田偶然间读到了大江春泥的作品——《阁楼里的游戏》，也许是偶然间听人讲起了书中的内容而想一睹为快吧！怎么说呢，小山田从大江春泥的作品中找到了自己的影子。从那本书的残破程度，我们可以想见小山田对大江春泥的作品的喜爱程度。在书中，大江春泥变态地描写了偷窥别人这件事情的妙不可言的感觉，尤其是在被偷窥者毫不知情的情况下。可以想见，对于这个新发现，小山田是多么兴奋！甚至不惜以身实践。因此他亲自上到自己家的天花板上，偷窥自己的夫人静子一个人在家时的情景。

小山田家的院墙的门到楼房的门还有好长一段距离。从外面回来后，小山田完全有机会避开佣人潜入房门旁边的储藏室，然后从那里潜入天花板上面，最终来到起居室的天花板上面。也许完全是我的猜想，我觉得小山田经常在晚上去小梅町的友人家下棋，其实是借口，真正的用意是到天花板上偷窥静子。

与此同时，深深迷恋于《阁楼上的游戏》一书的小山田，发现了版权页上平田一郎这个名字。他由此猜想这个平田一郎说不定就是曾经与静子是恋人关系之后又对静子怀恨在心的平田一郎。这种可能性不是没有。然后，小山田到处搜寻大江春泥的资料，结果证实这个平田一郎确为静子当初的恋人。同时，他也得知，大江春泥基本上不见外人，并且已经封笔，不知去向。也就是说，小山田通过《阁楼上的游戏》这本书不仅找到了与自己有相同癖好的知音，而且找到了自己夫人的初恋情人。然后，小山田以此为契机，设计了这一系列令人恐惧的事件。

单单从天花板上窥视静子慢慢地也不能满足小山田的好奇心了。作为一个性虐待狂，他不可能满足于此。因此，他开始试着寻找更新鲜更刺激的玩法。

终于，小山田找到了更新鲜更刺激的玩法，那就是以平田一郎的名义写信给静子。那本《新青年》杂志第六卷第十二号卷头插页上的那张大江春泥的手稿的照片，为小山田提供了大江春泥的笔迹。为了让自己设计的恶作剧更加逼真，不露破绽，小山田认真模仿了大江春泥的笔迹。为此他可是下了一番功夫的，杂志插页上纵横交错的描摹痕迹就是最好的证明。

小山田每隔几天就以平田一郎的名义写一封恐吓信给静子，并且寄出的邮局——他也故意选择了不同的邮局。对他来讲，每天都要外出上班，上班途中路过邮局寄一封信出去，简直易如反掌。至于信上所写的内容，大都基于他从各种报刊上得来的大江春泥的生活经历。另外，静子收到信后的所有反应，他也从天花板上尽收眼底，因此写起信来没有任何困难，即便有盲点，他也可以根据对静子的了解穿凿附会，毕竟他是静子的丈夫。

同静子同床共枕这么多年，静子的一言一行早已经在小山田心里生根发芽，因此他写出来的信完全就像是春泥在某个角落偷窥了静子一样。

这是何等的恶毒！通过写恐吓信给静子，他得以体会恐吓别人的乐趣；而通过在天花板上窥视静子，他得以感受静子因看到恐吓信吓得瑟瑟发抖而带给他的刺激。即使在这期间，小山田仍然没有停止对静子施虐，因为静子脖颈上的伤痕直到他死后才彻底消失了。当然了，他如此虐待静子，并非因为憎恶，恰恰是因为太爱静子了。

是的，这种性变态患者的心理就是这样的。

我关于恐吓信及进到静子家天花板上的人是小山田六郎的推理就是这些了。

那么，原本是一场恶作剧或者说是一个性变态者的无聊把戏，最终怎么就演变成凶杀案了呢？更不可思议的是，被害人居然是小山田六郎！而且他死的时候全身赤裸不说，还莫名其妙地顶着一个假发发套，这是为什么呢？另外，小山田六郎后背的伤是谁刺的呢？若大江春泥并没有牵涉其中，此案案犯是不是另有他人？如此多的疑问，请听我一一说来。

也许真的有报应这一说吧，小山田六郎的罪恶行径大概惹怒了神明，激怒了上苍，以致上天要惩罚他。也就是说，这个案件自始至终，并没有罪犯，小山田的死完全是个意外，是小山田自己的过失导致的。那小山田六郎后背的伤又是怎么回事呢？这个我稍后给出理由。现在，我解释一下我为什么会得出这样的推理。

我的推理是建立在那个假发发套的基础之上的。我们现在回想一下之前发生的事情。三月十七日，我到静子家的天花板上进行搜索。第二天，静子暂时将卧室搬到了洋房的二楼。静子是如何说服小山田的，小山田又是怎么答应的，我无从知道。但这样一来，从天花板上窥视便不可能了。难道是从天花板上窥视已经不再能吸引小山田了？也许他正在考虑别的搞恶作剧的方式，而静子搬卧室的提议正好为他提供了一个契机。此时，小山田已经有了假发套——他亲自定制的蓬松的假发套。假发套是他去年冬天定制的，当时他也许有别的打算，但这时却意外地派上了用场。

《阁楼上的游戏》里有一张大江春泥的照片，小山田肯定看到了。那张照片，据传是大江春泥年轻的时候拍的，那时候的大江春泥有一头蓬松的乌黑的头发。按照我的推理，小山田曾通过写恐吓信以及爬到天花板上偷窥静子的方式来满足自己的怪癖，那他也极有可能戴上假发套在洋房的窗户边偷窥甚至吓唬房间里的静子，以此满足自己的奇葩癖好。但是要想达到这个目的，他必须遮挡自己的秃头，而要遮挡自己的秃头，假发发套是最好的选择。戴上假发发套，趁着夜色，他在窗户外面轻轻一晃，就足以吓到静子。

三月十九日那天晚上，小山田从小梅町的棋友家回来之后，大门还开着。为了不被佣人发现，他悄悄地从院子里绕到洋楼那里，进到一楼的书房。书房的钥匙和书柜的钥匙，小山田是随身携带的，他将它们拴在怀表链子上。静子是这么告诉我的。

然后，小山田在书房里戴上假发，通过攀爬院子里的树丛爬到了洋房的接近楼顶的挑檐，再慢慢转到卧室的窗户边，在百叶窗下面的缝隙窥视屋里的情况。

静子曾告诉我说，她那天晚上看到百叶窗外面有人，并且只出现了一次。

那么，小山田是怎么死的呢？在解答这个疑问之前，我想先说一下我在他家洋房二楼卧室的窗户往下看时看到的情形。那应该是我对小山田产生怀疑以后第二次去他家时的事情了。可以这么说，那个窗户之下就是隅田川。洋房的墙根紧贴着外面的围墙，而围墙就建在隅田川水边的石崖上。也就是说，窗户到水边连洋房廊檐那么大的空间都没有。隅田川的水面到围墙顶端的距离约为六尺。围墙顶端离窗户约为三尺。试想一下，如果小山田失足落下，他要有多幸运才能落于围墙和墙根之间的细长空间，那里只能勉强够一个人容身。他大概率地会落于围墙之上，然后再滚落于隅田川里面。我感觉，小山田遭遇的情况正是后者。

从意识到隅田川的水流形势的那一刻起，我就十分确定小山田的尸体应该是从上游顺着水流到达吾妻桥附近的。而小山田家洋房外的围墙紧挨着隅田川，而且那里又是吾妻桥的上游，所以我的怀疑可能性是非常大的。我就此推定小山田是从那里落水的。但是对于小山田的死因是后背的刺伤而不是溺水，我一直百思不得其解。

有一天，我忽然想起之前读过的南波奎三郎的《最新犯罪搜查法》，里面有一个案例让我印象深刻，同此案有些类似。由于我创作小说时，经常拿来参考，因此对于里面的很多记载已经熟记于心。

我要提到的这个案例是这样的：

大正六年五月中旬的一天，在滋贺县大津市太湖轮船株式会社防波堤附近，人们发现了一具漂浮于水面的男尸。死者头面部有锐器伤。尸检结果显示，死者生前头面部遭受过严重刀伤，这也是死亡原因，而死者腹部有腹水，法医就此断定死者是被杀害的同时掉进了水里。这应该是一起重大刑事案件，警方随即展开详细的排查，但是警方费尽心思，连死者的身份一时都确定不了。

过了一段时间，京都市上京区净福寺通金箔业者斋藤请求警方帮助寻找雇佣小林茂三（二十三岁）。而来自斋藤的请求书上所提到的失踪者小林茂三的衣着特征与本案受害者的衣着特征完全符合。于是，警方赶紧通知斋藤前来认尸，结果证明死者果然是小林茂三。与此同时，警方也确认死者是死于自杀而不是他杀。

小林茂三盗窃雇主大量金钱并挥霍一空，走投无路的情况下，写下遗书，离家出走。死者从船尾跳下的时候，头部碰到了螺旋桨，因此留下了类似刀伤的伤痕。

如果不是一时想到这个案例，我也不会有如此异想天开的想法。其实，很多时候，现实比小说家费尽心思虚构的故事更加离奇，看似完全不可能发生的事情，现实中就那么发生了。小山田六郎的事情和我刚提到的案例还是有所不同的，小山田六郎体内无积水，况且大半夜的也几乎没有船只路过隅田川。

那么，小山田背部的刺伤又是怎么来的呢？其伤势甚深及肺部。他究竟是为何物所伤呢？不是别的，我以为正是小山田家围墙上防盗用的玻璃碴，你应该见过他家大门前的围墙上的玻璃碴子，洋楼二楼窗户下的围墙上也有那样的玻璃碴子。那些玻璃碴中有体量相当大的，况且遍布各处。这些玻璃碴，在某些情况下，确实可以刺得很深。如果真如我所说的那样，小山田是从楼顶挑檐那里失足落下，导致那样的伤口完全有可能。这样一来，大伤口周围遍布的小伤口也解释得通了。就是这样，因为自己的极端癖好，小山田从挑檐失足落下，先掉在围墙上，后背被刺伤，然后滚落到了隅田川里，继而随河水来到了吾妻桥的厕所下面，被人发现。可以说，小山田死得很惨。以上是我对此案的大致推断。

不过，我还要解释一点，关于小山田为什么会全身赤裸。你也知道吾妻桥一带是什么地方，那是流浪者及有犯罪前科之人的聚集地。若这帮人深夜里发现小山田身上所着的衣物，必然不会就此放过。更何况小山田穿着还是极为讲究的，当晚穿着夹袄，外套短褂，还揣了一块白金怀表。这个问题这样解释是完全解释得通的。并且，据调查，那附近当晚确实有一个流浪汉在那里游荡。

那么，静子当晚为什么没有察觉到小山田失足掉落的动静呢？以下几点或许可以解释得通：第一，静子长期以来已经被折磨得失去了正常人该有的思维能力；第二，静子家的洋房的玻璃窗户是密封的，且离水面是有一定距离的；第三，隅田川夜晚有时会有泥船驶过，静子也许搞混了。

有一点需要特别注意，此案应该完全不是刑事案件。尽管有我们都不愿意看到的结果，但此事自始至终都没有超出恶作剧的界限。如果小山田是在犯罪，他不会将足以成为证据的手套送给司机、以真实姓名定做假发套并且将重要证物放在自家书橱里，他还不至于这么愚蠢。

（后略）

以上是我从我的冗长的意见书里摘抄出来的。我之所以将其摘抄于此，是因为若我此时不将这些交代清楚，后面的内容你读起来一定是一头雾水。

那么真如我在意见书中所说，大江春泥与此案毫无关系吗？若真是如此，我在本文开头将其介绍得那么清楚也就没有什么意义了。

十

我看了一下我准备交给系崎检察官的这份意见书的落款，我应该是四月二十八日写完的。也就是在这之后的第二天，我去找了静子。我把这份意见书给静子看了一下，并告诉她不要再害怕大江春泥了。其实，从我对小山田起疑之后，我找过静子两次。我把她家像抄家似的，翻了个遍，但是我从未向她透露过什么。

因为遗产问题，静子那段时间每天被人围着争来吵去，她为此焦头烂额。孤立无援的静子只能找我倾诉，因此对我很是依赖。每次见到我，她都很高兴。

静子见我来了，立刻把我请到起居室。我把我带来的大惊喜一下子抛给了她。

“静子，你以后再也不必害怕了。大江春泥什么的，根本和本案没有关系。”

静子完全没有听懂我在说什么。接下来，我仔细给她读了一遍我带来的意见书，就像我每次有新作品之后都会读给朋友听一样。我这样做有两个目的，一是想安慰静子，让静子以后别再害怕了；二是想让静子看看我的意见书可有不妥之处，或许还有需要修改的地方。

当我读到小山田的特殊癖好的时候，静子十分害羞，似乎不愿提及。当我读到与手套相关的文字时，静子忍不住插了一嘴：“是呢，我也很是纳闷呢，本来还有一副，我说怎么找不到了。”

当我读到小山田意外死亡的部分，静子看上去非常惊讶，完全说不出话来，脸色也十分难看。

我读完意见书之后，静子叹了一口气，然后沉默了好久。也许是因为知道了大江春泥的恐吓完全是无中生有，她随后终于释然了，好像有一种如释重负的感觉。

当时，我心里觉得，静子知道小山田的死因之后，与我的不正当交往所带给她的负罪感肯定减轻了不少。既然他能那么无情地折磨我，那么我……静子内心肯定得到了很大的解脱。

很快到了晚饭时间，我见她兴致极高地为我张罗晚饭，还拿出进口酒款带我。

看来静子对我的意见书相当满意，我自然十分高兴，情不自禁喝起酒来。

由于不胜酒力，我很快满脸通红。在酒精的作用下，我内心里莫名生出来一种忧伤，我一句话也说不出来，只是怔怔地凝视着静子。

静子瘦了不少，但是她那苍白的特质仍然没有变。她身体的柔韧性，肌肤的弹性，由内而外散发的迷人的性感魅力，一切都没有变，反而通过她可以完全勾勒她身材曲线的法兰绒衬衫展露无遗。她毛织物覆盖下的身体在我面前不停地扭动，我脑海里不停幻想着她那迷人的胴体，若隐若现，伸手可及，却又遥不可及，心里备受折磨。

交谈了一会儿之后，在酒精的作用下，我忽然想到一个完美的计划。为了掩人耳目，我何不租一间房子供我和静子幽会用呢？那样我们就可以肆无忌惮享受两个人的独处时光。

当时，我打算等女佣一离开就将这个想法告诉静子。女佣离开后，我第一时间把静子拉了过来，紧接着吻了上去。我的手指在她的后背一点一点享受着法兰绒柔软的触感。然后，我把嘴放在她的耳边，将我的想法告诉给了她。对于我的所有举动，她不但没有抗拒，反而很享受，并且对于我的提议非常认可。

接下来的二十多天的时间，我实在不知道如何记录。我们每天都过着荒淫无度的生活，但那也是一段噩梦般的日子。

我租住的房子在根岸御行松下河畔，一处古式建筑，带有一个仓库。代我看管房子的是附近一间杂货店的老板。我和静子一般在正午时间约会。那是我有生以来第一次如此真切地体会女人给我带来的激情。静子带给我的能量让我沉醉。

很多时候，我和静子仿佛回到了孩提时代，我们在古色古香的房子里，像精力充沛的猎狗一样，伸着舌头，喘着粗气，在玩你追我赶的游戏。每一次，我快要追到她的时候，她都会身姿轻巧地从我手中溜走。每一次，我们都全力以赴，直到我们身心俱疲，相拥而卧。

有时候，我们就待在灰暗的小仓库里，一待就是一两个小时。我想，若有人在仓房外面偷听，那他一定会听到一个女子低低的啜泣声，以及掺杂其中的男人的充满雄性气息的哭声。

有一天，静子突然从一束芍药花中拿出了那根小山田六郎生前最爱的外国制小马鞭。静子要求我像小山田六郎一样鞭打她的裸体。我不禁有点儿害怕。也许静子在小山田长期的虐待之下，染上了这样的怪癖，她已经离不开这样的虐待。我突然间这样想道，如果我与静子长时间待在一起，我是不是也会染上这样的癖好？

经不起静子的苦苦哀求，我终于拿起马鞭一下一下抽打在静子赤裸的身体上。我怎么也没想到，当看到静子苍白的肌肤浮现一道一道暗红的痕迹时，我内心竟莫名其妙地生出一种不可名状的愉悦感。

我还是要澄清一点，我写下这些并非单纯为了描写男女之情。或许有一天，我会从头将这件事捋一捋，然后将其写成一部完整的小说。

接下来，我想记录一下我从静子口中听来的关于小山田六郎戴假发的事情。据静子所言，那顶假发确实是小山田亲自定制的。至于小山田为什么要戴假发，是因为神经质的小山田想在行闺房之事的时候掩饰他那略微扫兴的秃顶。小山田执意如此，静子虽然觉得略搞笑，但也只能接受。

“那你为什么一直没和我说起过呢？”我问道。

“这种事情，你让我怎么说出口？”静子说道。

二十多天之内，我都没有去过静子家。为了掩人耳目，我特地到静子家找了她一次。这次会面断断续续持续了一个多小时，无非是装模作样地谈论一些无关紧要的话题。最后，静子叫出租车送我回家。

真是无巧不成书，这次来的出租车，司机居然是上次卖我手套的名叫青木民藏的男子。于是，我又一次被拽进了那奇特的白日梦中。

好像一切又回到了一个月前的样子，司机操作方向盘的姿势还是那个样子，他直接套在衬衫外面的破旧的深蓝色薄外套不曾改变，以及他开车时挺得笔直的肩膀、前方的挡风玻璃、上面的后视镜……一切如旧。我有点儿恍惚，一个月前，就是这个司机，我还曾轻唤他“大江春泥”。

很神奇，就在那一瞬间，我脑海里突然涌出许多关于大江春泥的信息，他的照片，他怪异的生活方式，他奇怪的作品，如此等等。

更不可思议的是，我当时突然想到，大江春泥会不会就在我的身边？一时间，我浑浑噩噩的，居然说出了让我自己都感觉很奇怪的话。

“嗨，青木，你还记得那副手套吗？你还记得那是小山田先生什么时候送给你的吗？”

“你说什么？”面对我的突然发问，司机的反应和一个月前如出一辙，“这……我想一下……那应该是去年接近年底的事情了……应该是十一月，是我去账房结账的时候，那时候我拿了很多东西，对……是十一月二十八日，是的。”

“什么？十一月二十八日？你确定吗？”

我脑袋虽然昏昏沉沉，但还是明显感觉不对劲儿。

“但是，大老爷，我想知道，那副手套有什么问题吗？您怎么这么关心那副手套啊……那副手套有什么问题吗？”

司机一边说着，一边笑出了声。我一时没有回话，只是一直盯着挡风玻璃窗上的积尘。车又开出去四五町之后，我突然抓住司机的胳膊大声喊道：“你说的都是真的吗？你确定吗？你敢在法官面前作证吗？”

车剧烈晃动了一下，司机赶紧握紧方向盘，调整了一下车头的方向。“法官面前？您可别吓唬我啊！我十分确定那是十一月二十八日。我的助手也在场，他可以作证。”

“回去，现在就掉头回去。”

司机看上去十分慌张，甚至有点儿害怕。根据我的吩咐，司机很快将车开到了小山田家的门口。车刚一停稳，我就拉开车门，飞奔至玄关，正好看到一个女佣，我连忙抓住她问道：“去年年终大扫除的时候，家里的天花板全都拆下来清洗过？对吗？”

我之前提到过的，我上天花板上察看情况的时候，静子曾提起过这件事。女佣吓坏了，她肯定以为我神经错乱了，怔怔地回答说：“是的，全都拆下来清洗过的，但是当时清洗的时候，因为没有石灰水，用的是清水。石灰水清洗店的人倒是来了。对了，那是十二月二十五日的事情。”

“每个房间的天花板都清洗了？”

“是的，每个房间都清洗了。”

也许是听到了我和女佣的对话，静子慌里慌张出现在了玄关：“怎么了？发生什么事了？”

我将相同的问题丢给静子，静子的回答和女佣的回答一模一样。

我草草道别，然后急忙钻回车子里，吩咐司机送我回去。我将自己深深陷在车子的座位里，脑海里浮想联翩。

小山田家的老房子的天花板是去年十二月二十五日清洗的，并且是全部拆下来清洗的。这么说来，那个装饰扣是那以后掉在上面的。而小山田是在十一月二十八日将手套送给司机的。这是怎么回事？不容置疑的事实是，我在天花板上捡到的那个装饰扣确实是从手套上掉落的。那就可以确定，小山田的手套在送人之前，它的装饰扣就已经神秘失踪了。

这犹如爱因斯坦的实验一般神奇的现象究竟该如何解释？我所有的注意力都集中在这一点上。

谨慎起见，我之后又到车库去拜访了青木民藏，并特地和他的助手见了一面。我问了助手相同的问题，助手十分确定地回答我说小山田是在去年十一月二十八日那天将手套送于青木民藏的，并且保证绝对没有错。

我也特地去拜访了负责清洗小山田家天花板的人，回答是一样的，确实是十二月二十五日清洗的。并且有清洁工回复我说，每一块天花板都拆下来仔细清洗过了，上面不可能残留任何东西的。

这样一来，如果那颗装饰扣确定是小山田弄丢的，那只能这样解释：小山田弄掉了那颗扣子并随手将其装进了自己的口袋，然后便忘了个干干净净；后来，小山田觉得这双手套用不上了，就将其转赠给了司机青木民藏；之后过了一个月甚或三个月——静子是在今年二月份收到恐吓信的，小山田上到天花板上的时候，口袋里的扣子滚落了出来。但是这样的推理好像不是很严谨。

那个扣子不是放在外套的口袋里，而是放在里面的衣服的口袋里，这很蹊跷。因为一般情况下，手套都是放在外套的口袋里的。而小山田几乎不可能穿着外套上到天花板上。穿着西服上天花板上，可能性更小。再说了，像小山田这样的人，从冬天到第二年春天一直穿着同样一件衣服，更不可能。

于是，所有事情突然间来了个一百八十度大转弯，我不由得再次想到大江春泥，难道他真的与此案有关？

难道小山田特殊的有点类似于近代侦探类小说素材的性

虐待癖好促使我产生了大错特错的推理？他常常用马鞭抽打静子，这确实是事实。难道小山田是被人杀害的？

大江春泥？难道真的是大江春泥？大江春泥再次占据了我的大脑。

大江春泥再次引发我的怀疑。以此为基础，一切好像都变得十分可疑！就连一向以大名鼎鼎的小说家自居的我费尽心思写就的看上去逻辑缜密的那份意见书，此时看起来好像也是漏洞百出。

真是不经推敲，其实我本就觉得我的意见书有些地方逻辑实在讲不通，另外因为近段时间整天和静子鬼混在一起，所以那份意见书的草稿并没有进行认真的誊写。也许是有预感吧，我一直没有心情做这个事情。现在看来，这倒变成了一件十分幸运的事情。

记得大江春泥曾在自己的作品中说过，侦探在面对大量证据的时候，必须保持清醒，而我并没有做到这一点。我面对的案件，证据是不是有点太多了呢？我所到之处好像都有证据在等待着我去发现，甚是蹊跷。

首先，将恐吓信上的笔迹看成小山田模仿所致，就很滑稽，虽说那笔迹足以以假乱真。若真如本田所说，模仿大江春泥的笔迹倒是简单，但是他的文风呢？那不是任何人都能模仿得了的，别说是小山田这个单纯的实业家了，很难做到。

比如大江春泥的那篇名为《一张收据》的短篇小说吧。小说里歇斯底里的博士夫人因为憎恶自己的丈夫，居然制造了丈夫模仿自己笔迹的假象，混淆视听，还制作假的借条，企图将一切嫁祸于自己的丈夫。在这个案子里，大江春泥不会是使用了相同的手段吧？他要因此陷害小山田六郎？

仔细想一想，这个案件还真像是大江春泥作品中各种精彩桥段的集合。如：在天花板上偷窥的情节来自小说《阁楼上的游戏》，甚至物证装饰扣的情节也来自同一部作品；模仿春泥笔迹的情节来自小说《一张收据》；静子脖子上的暗红色伤痕和《B坂杀人事件》中的情节有异曲同工之妙。

此外，例如小山田身上由玻璃碴导致的刺伤以及厕所下面发现裸尸等桥段，也无不充斥着大江春泥独特的风格。

如此种种，若说完全是巧合，那也太不可信了。整个案件，从开始到结尾，大江春泥的影子无所不在！

我甚至有一种感觉，我此前所做的所有推理，都是在大江春泥的有意引导下完成的。难道我被大江春泥附身了？

也许，大江春泥真的就潜藏在某处，用他那恶毒的眼睛注视着我的一切所作所为。我的这种感觉，虽没有证据，只是我的感觉，但却如此真实。但是，大江春泥，他究竟在哪里？

被窝里的我，辗转反侧，无法入睡，脑海里一遍一遍想着这些事。如我这般身强体壮之人，也禁不起这些时日的精力消耗。很快，我便进入了梦乡。浑浑噩噩的我，居然做起了梦。

醒来以后，我脑海里浮现出一件不可思议之事。

虽然已是深更半夜，我却顾不得这些了。我打电话到本田的宿舍，让人叫他出来。

“我记得你曾说过，你说大江春泥的太太是大圆脸，对不对？”

本田刚刚拿起电话筒，我就着急地问道。

本田清醒了以后，才听出是我的声音，然后回复我说：“是的，是的啊！”

“她总是梳着西式发式？”

“嗯，是的。”

“还戴近视镜？”

“嗯……是的。”

“还镶着金牙？”

“嗯……是的。”

“我还记得你说过，她的牙不好，所以脸颊总是贴着止痛膏药，是吧？”

“你说的好像都对！莫非你见过春泥太太了？”

“不是，没有，我只是问过樱木町里的人，他们说的。我想问你的是，你见到她的时候她也牙痛来着？”

“是啊……总那样，她的牙齿就是那么糟糕。”

“你确定是右脸吗？”

“我记不太清楚了，好像是右脸。”

“留着西式发型，又贴着那样的止疼膏药，你觉得现在还有这样的女子吗？”

“你说的有道理，但是，你问这个是怎么回事？对了，案件有线索了吗？”

“嗯，算是有了吧！过几天再和你说吧！”

谨慎起见，我又把刚才问过的问题一一确认了一遍。

接下来，我像是演算几何题一样在纸上画了很多图形，写了很多文字，反反复复，一直到第二天清晨才罢休。

十一

每天都忙于调查案件，本来由我经常寄出的约定幽会日期的信件好几天都没有寄出。

静子有点儿等不及了，居然寄快信给我，让我明日午后三点钟一定要去那间房子见上一面。静子还在信中说道：“我是一个如此浪荡的女人！你没想到吧？你已经厌倦我了对吧？怕我了？”

直到接到这封信后，我才发现自己已经没有原先的那种激情了。我甚至不想再见到静子那张脸了。但我还是按照静子信中所讲，按时赴约。

已经六月份了，梅雨季前的天空灰蒙蒙的，好像一直要压到地面，弄得人喘不过气来。天气异常闷热，我下了电车，只是走了三四町的距离，腋下和脖子已经渗出了不少汗水。我摸了一下我的衬衫，已经被汗水浸湿了。

我到达的时候，静子已经到了，我看见她正在仓库的床上等我。那是仓库的二楼，铺着地毯，放着一张床，几张长椅，还有好几面大镜子。这里的一切，都是我们精心设计、装饰的。静子更是竭尽所能，不管是地上铺的地毯还是床上用品，都是做工精致、价格离谱的奢侈品。

静子优雅地坐在床上，只见她穿着精致的结城绸单衣，系着一条绣有梧桐叶的黑色缎带，头上一如往常梳着高高的发髻。周围的西式装修风格和她别具韵味的江户形象在房间里忽明忽暗的灯光的映衬下，张扬着一种独特的情趣。

我看到静子的那一刻，突然间感觉有两个形象完全不一致的静子不断在我脑海里交替闪现：一个是眼前这个梳着闪耀着艳丽光泽的丸髻的寡妇，另一个是一个发髻松垮、刘海凌乱、后脑勺发丝缠绕的淫荡女子。每一次从这里回到家之后，她肯定都要在镜子前梳妆打扮至少半个小时。

“那天，你怎么突然问起清扫天花板的事情了？有什么问题吗？看你慌慌张张的样子，是发生什么事了吗？”

静子一见到我，就问起那天的事情。

“你真不明白？我好像犯了个错误，”我一边脱外衣，一边回答，“是这样的，清洗天花板的时间是十二月末的事情，而小山田将那副手套送人的时间是十一月二十八日。这也就是说，小山田手套上的扣子在清洗天花板之前一个月时就已经掉了。顺序颠倒了，你不觉得有问题吗？”

“这怎么回事……”静子看上去十分吃惊，好像没有完全听懂我所说的话，“可是，扣子掉在天花板上的时间，不就应该是在手套脱落之后吗？”

“没有问题，但是时间差不能不注意。试想一下，如果那个扣子不是小山田在天花板上当场弄掉的，这事情是不是就不可思议了呢？正常来讲，扣子应该是从手套上一脱落以后就留在了那个地方。但现在的情况是，扣子从脱落到掉在天花板上之间相隔了一个月甚至几个月时间，这没办法解释啊。”

“好像是这么回事。”静子一脸苍白，眼神里充满疑惑。

“还有一种可能，那个扣子掉在了小山田的口袋里，然后他上到天花板的时候，扣子从口袋里掉了出来，留在了天花板上。但是，小山田有可能好几个月之内只穿同一件衣服吗？况且是从去年冬天一直穿到今年春天。”

“不可能，他很讲究的，年底的时候，他就已经换上了厚厚的保暖衣了。”

“对呀，这就奇怪了……”

“这么说来……”静子说着顿了一下，“这么说来，还是平田……”

静子没说完，就停住了。

“我也在怀疑。整个事件，大江春泥的存在感太强了。我必须修正我之前的推理了。”

接着，我还向静子解释了一下，整个事情中，到处存在大江春泥惯用的伎俩，不说别的，单就证据过于充分以及恐吓信过于逼真这两点就足以引起我们的怀疑。

“或许你还不是特别清楚，大江春泥这人行事实在太古怪！他为什么不敢见人？他到处迁徙，经常旅行，常年装病，难道仅仅是为了避开来访的客人？他花钱在向岛那边租住了一间屋子，却不去居住，这又是为什么？再厌世的人也没必要这么做！何况他还是大名鼎鼎的小说家。太不可思议了！纵观他的一切行动，若不是为了杀人，还能有什么目的？”

我坐在静子旁边。我看她越来越紧张，也许是想到大江春泥了吧！她全身发抖，紧紧依偎着我，双手死死地抓着我的胳膊。

“现在想来，真是太可笑了！我好像就是他的傀儡。我的一切推理，都是在他的引导之下做出的，哈哈哈……”我不无愧疚地自嘲起来。

“真是太可怕了！他已经预测到了一切！他将所有证据都准备好了，只待我去发现。如果是一般的侦探，肯定已经陷入大江春泥的陷阱里了。但是他碰到的是我，这峰回路转的情况全都依赖于我是一个喜欢推理和探究的侦探小说家。

“事实上，如果现在认定凶手就是春泥，确实又有许多不合理之处！这些不合理之处现在完全无法解释。我想，这也正是城府颇深的大江春泥真正可怕之处。

“如果说到疑点，首先是那些来自大江春泥的恐吓信，在小山田死后就没有了。再就是，日记本、春泥的小说作品、《新青年》杂志等物是怎么进到小山田的书柜里的呢？

“如果说春泥是真凶，以上这两件事真的无法说通。小山田日记本的留白上的那句话，完全可以通过模仿小山田的笔迹做到。《新青年》杂志扉页上的那些类似铅笔痕迹的印痕也很好制作。但是，问题的关键是，那个书柜只有小山田才有钥匙，并且由小山田常年随身携带。大江春泥是怎么做到以上那两件事的呢？

“因为这些问题，我过去的两天时间内为此焦头烂额。功夫不负有心人，我终于找到了一个可以解释这一切的方法。

“我刚才说过了，这件事自始至终都充满了大江春泥的痕迹。于是，我将大江春泥的作品拿出来，又仔细读了一遍，我想在他的作品中找到一些可以破案的线索。对了，有一件事，我好像从来没和你提起过。博文馆的本田先生说，他曾在浅草公园附近看到大江春泥穿着小丑服散发传单。但是我到广告公司调查的时候，他们说这个人是逗留在浅草公园的流浪汉。

“也就是说，大江春泥混入了浅草公园的流浪汉之中。这与史蒂文森的作品《化身博士》中的情节何其相像？

“我意识到这一点时，便在大江春泥的作品中寻找类似的情节。你应该也知道吧，大江春泥失踪前所写的作品《全景国》和他之前的作品《一人两角》中的很多情节十分类似。从大江春泥的这两部作品，我深深感受到，大江春泥对《化身博士》中的一人分饰两角的情节十分沉迷。”

“我好害怕，”静子浑身瑟瑟发抖，“别说了，别说了，太恐怖了！在这样的房间里，别说这样的事情了。以后再说。我和你在一起的时候，根本不会想起平田。”

“我感觉你还是先听我说完吧！毕竟这和你直接相关！我感觉大江春泥仍旧在某个地方盯着你！”我完全没有心思做别的事情。

“其实，在这个案件中，我还发现了两个不可思议的巧合，”我继续讲道，“一个是空间上的巧合，一个是时间上的巧合。”

我一边说着，一边从口袋里拿出一份简易的东京地图。我指着地图和静子说道："我从本田那里以及象泻署署长那里得知了大江春泥搬家的痕迹，分别是池袋、牛込喜久井町、根岸、谷中初音町、日暮里金杉、神田末广町、上野樱木町、本所柳岛町、向岛须崎町等这些地方。在这些地方之中，只有池袋和牛込喜久井町相距较远。其余七个地方全都集中在东京东北部，几乎在一条直线上。

"真是失策，大江春泥也会犯这样的错误。池袋和牛込喜久井町之所以离得很远，是因为那会大江春泥还默默无闻。大江春泥声名鹊起之时是在根岸时期，这时起，才有大批编辑和记者纷纷前来拜访他。

"也就是说，在喜久井町时代之前，他都是以信件的方式投稿的。但是此后的七个地方，若用线连起来的话，虽然拥挤在一个方向上，但是基本呈一个不规则的圆形。我感觉，在这个圆形的中心位置应该藏着什么秘密。为什么这么说呢？你听我解释。"

我说到这里时，静子突然像想起什么似的，伸出两只胳膊环住我的脖子，她那蒙娜丽莎一般的嘴唇嚅动了一下，露出了洁白的牙齿，对我说道："太可怕了。"

接着，静子将脸颊紧贴在我的脸上，同时将嘴唇紧紧贴在我的嘴唇上。然后，她用手指轻轻搔弄我的耳朵，又将嘴唇放到我的耳边，像唱摇篮曲一样喃喃说道："我害怕，你还是别讲了。别浪费时间了。抱着我，抱着我。"

"请稍等，你听我讲下去，听我讲完！我今天就是来和你商量这件事的，"我自顾自继续往下讲，"咱们再看时间的一致性，你还记得吧，大江春泥消失的时间是前年年底。小山田回国的时间是不是也是前年年底？为何如此巧合？纯属偶然吗？你怎么看呢？"

没等我说完，静子已经从房间的角落里拿来了那个小马鞭，并将其塞进了我的手里。然后，她脱光衣服，趴在床上，转过头来，对着我说："那又怎样呢？无关紧要！有什么关系吗？"

静子像疯了似的，扭动着身体，喃喃自语："快抽打我！抽打我！"然后，她身体扭动的幅度更大了。

仓房狭小的窗外，是鼠灰色的天空。附近正巧有电车路过，断断续续传来的类似打雷的声音夹杂着我的耳鸣，听起来非常可怕，那声音听上去犹如有一路妖魔鬼怪正从天而降。我感觉非常不舒服。

在这样的氛围下，我和静子变得越来越疯狂。事实上，我们当时都不在状态。静子苍白的裸体在我眼前慢慢挣扎，而我执着地进行着我的推理。

“换个角度看，大江春泥应该是存在的，和这个案件有莫大关系！但是他消失得太离奇！日本警察也不是酒囊饭袋，但整整两个月之内，关于大江春泥的半点消息都没有找到，绝对不正常！他不可能就像一股烟一样凭空消失！简直不可思议！要知道，这不是噩梦，这是事实！

“大江春泥到底是如何进到小山田的书房的，他又是如何将那个书柜打开的？我突然想到某个人物……是的，她就是女性推理作家平山日出子。很多人都以为他是女性，就连很多同行和编辑都对此深信不疑。然而，这个人是一名地地道道的男性，甚至是一名公务员。

“我们这些推理作家，我，大江春泥，平山日出子，都是怪异的人。身为男性，却想伪装成女性。身为女性，却想佯装成男性。一旦猎奇心起来，多么罔顾人伦的事情都做得出来！比如，我们就有一位同行男扮女装去浅草公园游荡，结果还和男人谈起了恋爱。”

我已经完全处于一种忘我的状态，只顾着喋喋不休地沉迷于自己的推理之中，完全没注意到自己已经浑身汗湿，汗水甚至流进了我的嘴角，让我很不舒服。我的推理终于来到最高潮：

“静子，你听好了，你听听我的推理有无漏洞。春泥那些住所连起来以后，是个不规则圆形，你知道中心点是哪里吗？

你看看这地图吧！就是你的家，你浅草的家。所有地点到你家的距离都不足十分钟。

“你知道为什么小山田一回国大江春泥就失踪了吗？因为小山田回国后，你没有时间去学习茶道和音乐了。而小山田不在家期间，你每天下午或者晚上都会外出，你要去学习茶道和音乐。你知道是谁在引导我一步一步做出之前的那种推理的吗？就是你啊！是你在博物馆得遇我之后又随心所欲操纵我的。

“能在小山田的日记里随意添加文字，能把所有证物都轻而易举放到小山田书柜里的人，唯有你啊！天花板上的扣子也是你故意丢上去的吧！此外不能再有任何合理的解释了！请你回答我吧！”

“你实在太过分了！”静子一边说着，一边“哇”地一声大哭起来。与此同时，她朝我扑过来，钻进我的怀里，哼唧哼唧哭了起来。我的皮肤明显感觉到了她的热泪。

“你这般伤心是何缘故？你为什么打断我？事关你的身家性命，你不能不关心啊！你难道不想听听我接下来的推理吗？我不能不怀疑你啊！听我推理下去！

“大江春泥的夫人为什么要戴眼镜？为什么要镶金牙？为什么要贴止痛膏？为什么要留西式发型？为什么要以圆脸示人？你以为我看不出来？这和春泥的作品《全景国》中的乔装方式

有何区别？在书中，春泥讲了日本人乔装的关键是要变发型、戴眼镜以及在嘴里塞棉絮。我还记得，他在自己的作品《一分铜币》中也曾写过在牙齿上贴上在夜市卖的镀金皮假牙的情节。

“你的犬齿十分突出，所以你必须贴上金皮掩饰。你的右脸有一颗明显的黑痣，所以你必须贴上药膏来遮挡。你选择西式发型是因为你想让你明显的瓜子脸看上去更圆一些。所有这些伎俩并不难做到，所以你摇身一变变成了大江春泥夫人。

“前天，我带本田偷偷看你。本田十分确定地说，如果你换上西式发型，戴上眼镜，贴上金牙，和春泥夫人简直相差无几。说出你的故事吧！现在已经到了这种地步了，已经没有必要隐瞒了。”

讲到这里，我一把推开静子。静子瘫坐在床上，大声哭泣，完全不理会我的质问。

我情绪越来越激动，竟然不自觉地拿起马鞭，用力地朝静子的后背抽了过去。

我完全失去了控制。我一鞭一鞭抽打着静子，直到静子后背苍白的肌肤显现出一道一道如蚯蚓般暗红的伤痕，直到那些伤痕慢慢渗出鲜红的血迹。

在我的抽打之下，静子以更加妖娆的姿势扭动着自己的身体。同时，静子以接近昏迷的声音轻轻地呼唤着：“平田……

平田……”

“平田？你还在坚持吗？你以为你化身为春泥太太，就表明真的有大江春泥这样一号人物吗？你错了！哪有什么大江春泥？完全是你捏造出来的一个虚假人物。为了蒙混过关，你化身春泥太太，代替‘他’会见各种来客。也正是因为这个原因，你才会不停地变换住所。”我继续开始推进我的推理。

“但是有时候，‘大江春泥’也确实需要出个场，因此你从浅草公园找来了一个流浪汉，你让他睡在客厅里，你是要告诉别人，他就是大江春泥。也就是说，并不是大江春泥化身为小丑到公园去散发传单，其实是小丑化身为了大江春泥。”我一下子将我的推理全都说了出来。

静子静静地趴在床上，一句话也不说。她后背的血痕像一条条鲜红的蚯蚓一样，随着她的呼吸慢慢蠕动。因为静子的沉默，我的情绪也慢慢平复了。

“静子，我原本打算心平气和地和你说这一切的。可是你总是回避我的话题，你以为我会因为你的美色而放弃追究这些吗？你的态度让我很是生气。你不争辩一下吗？好吧，既然你不说话，那就由我来说吧。我下面将你的阴谋一一说出来，如果有错误的地方，请你修正一下。”

接着，我尽量心平气和地将我的推理简洁明了地讲了出来。

“作为一名女子，你确实才情出众，这一点从你写给我的商定约会日期的信件，我也可以感受得到。正是因为这一点，你想以男人的名义创作小说，这完全没有问题。就在你越来越受到读者关注的时候，你的丈夫小山田出国创业。或许是为了消解寂寞？或许是为了满足自己独特的癖好？你玩起了这一人分饰三角的无聊游戏。你之前发表过名为《一身二角》的作品。在这个基础上，你想出了这个一人分饰三角的小把戏。

“其实，池袋和牛込这两个地方很可能只是你收发信件的地点，根本谈不上住所。之后，你在根岸租了一处房子。当然，你是以平田一郎的名义租的。

“你以不喜欢交往和外出旅行等理由迫使大江春泥这个本就不存在的人以一种很不自然却又很自然的姿态存在于人们的印象之中。而你正好顺理成章地化身春泥太太代替大江春泥处理各种事务。

“这样一来，写稿子时，你是大江春泥，或者平田一郎；见记者或者编辑时，你是春泥太太；在山宿小山田的府邸，你是正儿八经的小山田太太。是的，你就是这样一身三职。

“为了完成这些工作，你每天下午或者晚上必须以到外面去学习茶道或者音乐为借口外出。那些日子，你上午是小山田夫人，下午是春泥太太。要完成这种身份上的转换，你每天必须做的工作是乔装改扮。所以你每次为‘大江春泥’找的住所都不太远，基本都是以山宿为中心，车程不超过十分钟。太远了，你就完不成这些工作了。

“我也是好奇心极重的人，所以我非常理解你的所作所为。如此精彩有趣的游戏，人世间再也找不出了吧！虽然辛苦些，又有什么关系呢？

“过去曾有评论家说过，春泥的作品中充满了唯有女性视角下才有的令人不舒服的猜忌，就好像潜藏于黑暗潮湿的角落中的伺机而动的阴兽。真是太有道理了！

“但是两年时间很快就过去了，小山田回国了，你再也不能一个人分饰三角，因此你必须让大江春泥尽快失踪。好在人们已经形成了这样的印象——大江春泥不喜欢见人，因此他的失踪在人们看来并不稀奇。至于你为什么会犯下如此可怕的罪行，身为男性，我真的是有点儿不能理解。

“我也曾读过一些变态心理学方面的书籍。里边记载，有歇斯底里症的女人，常常会写下恐吓信寄给自己，这在国外并不少见。这是一种什么心理呢？是一种想让自己陷入恐惧，从而引发人们同情的心理。

“我想你的状况也不过如此，收到自己所扮演的知名男作家寄来的恐吓信。对你来讲，这应该是一种享受吧。

“对了，你早已经对年迈的丈夫小山田有不满情绪了吧？小山田出国期间，你的畸形生活状态已经将你完全俘获。再者，对于你以春泥的名义写下的那些小说中的犯罪行为，你应该无限向往吧。而你一手炮制出来的大江春泥这个虚拟的人物这时完全可以派上用场了。只要将一切都嫁祸于他，你就是安全的！你还可以趁此机会摆脱你早已经厌烦的小山田，继承他的巨额遗产。后半辈子，你想怎么生活都可以了。

“当然了，这一切都必须做得天衣无缝，不能留下任何破绽。于是，我被你选中了。一方面，你可以将我当成傀儡一样利用一下，为你开脱；另一方面，我此前常常攻击春泥的作品，你可以趁此机会一雪此恨。

“现在想来，当我把我写给系崎检察官的意见书拿给你看时，你一定觉得很可笑吧！你一定觉得你的阴谋马上就要得逞了，简直不费吹灰之力！手套装饰扣、日记本、《新青年》杂志、《阁楼里的游戏》一书，只是用了这么一些小道具，就将一切搞定了！你一定无比兴奋吧！

“其实，正如你在自己的作品中所写的一样，只要是犯罪，就不可能没有破绽。你将小山田手套上脱落的装饰扣当作重要的物证，这没有问题，但是你没有搞明白这个扣子应该什么时候脱落。其实小山田早已经把手套送给了司机，但是你却一无所知，这是多么可笑啊！另外，小山田后背的致命伤是怎么来的，我想我的推测是正确的。唯一不同的可能是，小山田并不是在窗外偷窥的时候一脚踩空掉下去的，而是在和你做性爱游戏的过程中被你从窗口推下去的，对吧？当时，他肯定戴着那顶假发。

“好啦，静子，你觉得我的推理怎么样，请你回复一下好吗？我多么希望我的推理漏洞百出，而你能一一击破它们。静子，说话呀！”

我把手放在一动不动的静子的肩膀上，轻轻推了她一下。然而，也许是因为过度的羞愧，她一言不发。

我一吐为快之后，像一只泄了气的皮球，怔怔地站在那里。在我的面前，一直到昨天，仍然是我心目中最完美的恋人——静子，此刻就像一只受伤的阴兽，褪去了本来的面貌，弱弱地躺在床上。

看着眼前这一切，我的眼角不禁有些温热。

“那我走了，静子，”我强打起精神对静子说，“你最好还是想一下接下来的事情吧，你最好能选择一条正确的路走下去。怎么说呢，在这一个月之内，因为你我见识到了此前从未尝试过的情欲世界。因此，我对你真的是难以割舍，但是我的良心不允许我继续这么和你厮混下去。作为一个侦探小说家，我的道德感，我的伦理观，自然要比别人更强烈。静子，再会吧。”

在离开静子之前，我发自内心地吻了一下静子，吻了一下她后背上那些像蚯蚓一样盘旋着的红色的伤痕。然后，我坚定地离开了那个曾经让我如痴如醉的世界。

外面的天空越来越阴沉，但是温度却越来越高，我很快再一次大汗淋漓，但是我的牙齿却在不停地颤抖。我就像一个癫痫病人一样，摇摇晃晃地离开了那里。

十二

第二天，我从晚报上得知了静子自杀的消息。

静子应该是从洋房二楼的窗户跳到隅田川溺水而亡的。隅田川的水流当然不会改变，命运大概也是如此，静子的尸体也顺着隅田川的水流来到了吾妻桥。第二天早晨，有人在吾妻桥的汽船码头发现了静子的尸体。对案件真相一无所知的记者在报道完静子自杀的新闻之后，加了这样一句话，非常刺眼：小山田夫妇死法如此相似，凶手应该是同一人。

静子毕竟也曾是我以为的完美恋人，读完报道后，我唏嘘不已，甚至满心悲伤。

但是，话又说回来，静子之死至少说明了我的推理是正确的，静子是用自己的死向我投降。这或许是不可避免的结局。

此后至少一个月的时间内，我一直如此认为。然而随着时间慢慢流逝，随着我的思绪慢慢恢复平静，我不知道从何时起对这一切越来越觉得不可思议。这是真相吗？这是一个可怕的怀疑。

为什么这么讲呢？虽然我的推理看上去逻辑缜密，但是那毕竟是我的推理啊，完全建立于我的想象之上。并且，静子竟然一句忏悔之言都没有就自杀了，这也不符合常理。至于一应俱全的所谓证据，也不可能像二加二等于四一样确凿无疑。

细想一下，根据司机的证言和清洗店员工的证言，我不也将我曾经一度认为无懈可击的推理全都推翻了吗？而且，在完全相同的一系列证据之上，我又做出了完全不同的推理。我能保证这样的事情不会再发生一次吗？

在仓房的二楼，我原本计划心平气和地将我的推理统统告诉静子。但是静子难以捉摸的暧昧态度完全打乱了我的计划，以致导致了现在这样的结果，才让我更加相信自己的推理完全正确。况且，最后我百般询问静子，但是她一言不发，这更加坚定了我对自己的推理的自信。然而……难道这都是我一厢情愿？

静子现在已经死了，自杀了！但是静子确定是自杀吗？如果不是自杀呢……他杀？那凶手是谁呢？细思极恐！

先不说别的，即使静子是自杀，那么就能证明一切都是她做的吗？有没有其他可能呢？静子对我是绝对信任的，她的阴谋被我揭穿之后，羞愧不已，一时想不开了结了自己的生命，听上去完全没有问题。但是这样看来，导致她死亡的元凶——不就是我吗？那么，静子还是自杀吗？明显是他杀啊，凶手就是我。

相对来讲，如果说我有可能杀死一个女子，我也许还能接受。但是我面对的是静子，她是如此爱恋着我。被自己的所爱指证为恐怖的犯罪嫌疑人，静子如何承受得了？被自己的所爱指证为犯罪嫌疑人，而又无法辩解，静子是因此选择自杀的吗？更加不可思议的是，假使我的推理没有问题，但是静子为什么要杀死小山田呢？为了更加自由的生活？为了小山田的遗产？这些因素会导致一个人走向犯罪的陌路吗？又或者是因为爱情？因为我？我正是她无比爱恋的人啊！

这样的怀疑让我焦虑不已！我该如何是好？不管静子是不是自杀，反正都和我有直接关系。我间接地导致了一个深深爱恋于我的女人的自杀。

我的道义之心，在一遍一遍地谴责我。这世上还有比爱上一个人更美好的事情吗？可是因为一颗虚无缥缈的道义之心，我轻易就将这一切击得粉碎。当然，如果她真的就是我所推理中的大江春泥的话，兴许这个结果我还能接受，但她是吗？

时至今日，一切好像都已经不能确定，小山田死了，静子死了，大江春泥呢？我只能说这个人消失了。本田说静子和春泥太太长得十分相似，但这是证据吗？

因此我好几次找到系崎检察官，我想问问他那边有进展没有，但是他总是含糊其词。也就是说，警方没有任何收获。我四处托人到平田的老家打听他的下落，结果表明，平田其人确实存在，但是已经好久没有下落了。但是，即使此人真的存在，即使他真的就是静子的初恋情人，那又如何证明他就是杀害静子和小山田的元凶呢？静子的确有可能借用初恋情人的名义玩那一人分饰三角的游戏，但是平田本人遍寻不见又做何解释？经过静子亲属的同意，我仔细检查了静子的所有遗物，想从中寻找一点儿线索，但是一无所获。

对于我的妄想症，对于我的盲目自信，我十分后悔。如果有可能，我愿意踏遍日本的每一寸土地去寻找平田一郎，即使为此奉献我的后半生，我也无怨无悔，纵使这是徒劳，又如何呢？

然而，我无法释怀的是，即使我找到平田一郎，他是罪犯，或者不是罪犯，都丝毫不能减轻我的痛苦，反而可能增加我的愧疚。若有不同，只是痛苦的内容不一样罢了。

半年多过去了，静子已经彻彻底底死了。平田一郎没有任何消息。唯有我那可怕的猜疑与日俱增。